国学典藏·线装书系

【插图版】

封神演義

第四册

〔明〕许仲琳·著

时代出版传媒股份有限公司
黄山书社

第五十三回　邓九公奉敕西征

诗曰：

渭水滔滔日夜流，西岐征战几时休。
漫言虎豹才离穴，又见貔貅树敌楼。
修德每愁糜白骨，荒淫反自咏金瓯。
岂知天意多颠倒，取次干戈不断头。

话说申公豹说反了土行孙下山，他又往各处去了。

且说当日绝龙岭逃回军士进汜水关，报与韩荣，说知闻太师死于绝龙岭，随修表报进朝歌。有微子看报，忙进偏殿，见纣王行礼称『臣』。王曰：『朕无旨，皇伯有何奏章？』微子把闻太师的事奏启一遍。纣王大惊：『孤数日前，恍惚之中明明见闻太师在鹿台奏朕，言在绝龙岭失利；今日果然如此！』纣王着实伤感。王问左右文武曰：『太师新亡，点哪一员官，定要把姜尚拿解朝歌，与太师报仇。』众官共议未决；有上大夫金胜出班奏曰：『三山关总兵官邓九公，前日大破南伯侯鄂顺，屡建大功；若破西岐，非此人不克成功。』纣王传旨：『速发白旄、黄钺，得专征伐。差官即往，星夜不许停留。』使命官王贞，持诏往三山关来，一路上马行如箭，心去如飞，秋光正好，和暖堪行。怎见得：

千山水落芦花碎，几树风扬红叶醉。路途烟雨故人稀，黄菊芬菲山色丽，水寒荷破人憔悴。白蘋红蓼满江干，落霞孤鹜长空坠。依稀黯淡野云飞，玄鸟云，宾鸿至，嘹嘹呖呖惊人寐。

话说天使所过府、州、县、司，不止一日。其日到了三山关，驿内安歇。次日，到邓九公帅府前。邓九公同诸将等焚香接旨，开读。诏曰：

『天子征伐，原为诛逆救民。大将专阃外之寄，正代天行拯溺之权。兹尔元戎邓九公，累功三山关，严出入之防，边烽无警；退鄂顺之反叛，奏捷甚速；懋绩大焉。今姬发不道，纳亡招叛，大肆猖獗。朕累勤问罪之师。彼反抗军而树敌；致王师累辱，大损国威，深为不法，朕心恶之。特敕尔前去，用心料理，相机进剿；务擒首恶，解阙献俘，以正国典。朕决不惜茅土，以酬有功。尔其钦哉，毋负朕托重至意。故兹尔诏。』

邓九公读毕，待天使，等交代。王贞曰：『新总兵孔宣就到。』不一日，孔宣已到。邓九公交代完毕，点将祭旗，次日起兵。忽报：『有一矮子来下书。』邓九公令进帅府。见来人身不过四五尺长，至滴水檐前行礼，将书呈上。邓九公拆书，观看来书，知申公豹所荐，乃是『土行孙效劳麾下』。邓九公见土行孙人物不好：『欲待不留，恐申道友见怪；若要用他，不成规矩。……』沉吟良久，『……也罢，把他催粮应付三军。』邓九公曰：『土行孙，既申道兄荐你，吾不敢负命。后军粮草缺少，用你为五军督粮使。』命太鸾为正印先行；子邓秀为副印先行；赵升、孙焰红为救应使；随带女孩儿邓婵玉，随军征伐。邓元帅调人马离了三山关，往西进发。一路上旗幡荡荡，杀气腾腾。

怎见得：

三军踊跃，将士熊罴。征云并杀气相浮，剑戟共旗幡耀日。人雄如猛虎，马骤似飞龙。弓弯银汉月，箭穿虎狼牙，袍铠鲜明如绣簇，喊声大振若山崩。鞭梢施号令，浑如开放三月桃花；马摆闪銮铃，恍似摇绽九秋金菊。威风凛凛，人人咬碎口中牙；杀气腾腾，个个睁圆眉下眼。真如猛虎出山林，恰似天王离北阙。

话说邓九公人马在路，也行有个月。一日来到西岐。哨探马报入中军：『启元帅：前面乃西岐东门，请令定夺。』邓九公传令：『安营。』怎见得：

营安八卦，幡列五方。左右摆攒攒簇簇军兵；前后排密密层层将佐。拐子马紧挨鹿角；连珠炮密护中军。正是：

刀枪白映三冬雪，炮响声高二月雷。

邓九公安了行营，放炮呐喊。

且说西岐子牙自从破了闻太师，天下诸侯响应。忽探马报入相府：『三山关邓九公人马驻扎东门。』子牙闻报，谓诸将曰：『邓九公其人如何？』黄飞虎在侧，启曰：『邓九公，将才也。』子牙笑曰：『将才好破，左道难破。』

且言邓九公次日传令：『哪员战将先往西岐见头阵走遭？』帐下先行官太鸾应声：『愿往。』调本部人马出营，排开阵势，立马横刀，大呼搦战。探事马报入相府：『有将请战。』子牙问左右：『谁见头阵？』有南宫适领令，提刀上马，呐喊摇旗，冲出城来；见对阵一将，面如活蟹，海下黄须，坐乌骓马。怎见得，有赞为证：

话说邓九公人马在路，也行有个月。一日来到西岐。

顶上金冠飞双凤，连环宝甲三锁控。
腰缠玉带如团花，手执钢刀寒光迸。
锦囊暗带七星锤，鞍鞒又把龙泉纵。
大将逢时命即倾，旗开拱手诸侯重。
三山关内大先行，四海闻名心胆痛。

话说南宫适大呼曰：『来者何人？』太鸾答曰：『吾乃三山关总兵邓麾下，正印先行太鸾是也；今奉敕西征讨贼。尔等不守臣节，招纳叛亡，无故造反，恃强肆暴，坏朝廷之大臣，藐天朝之使命，殊为可恨。特命六师，剿除叛恶。尔等可下马受缚，解往朝歌，尽成汤之大法，免生民之倒悬。如再执迷，悔之无及。』南宫适笑曰：『太鸾，你知闻太师、魔家四将、张桂芳等只落得焚身，斩首，片甲不归。料尔等米粒之珠，吐光不大；绳翅飞腾，去而不远。速速早回。免遭屠戮。』太鸾大怒，催开紫骅骝，手中刀飞来直取。南宫适纵骑，合扇刀急架相还。两马相交，一场大战。来往冲突，擂破花腔战鼓，摇碎锦绣旗幡。来来往

往，有三十回合。南宫适马上逞英雄，展开刀势，抖擞精神，倍加气力。太鸾怒发，环眼双睁，把合扇刀卖一个破绽，叫声：『着！』一刀劈将下来。南宫适因小觑了太鸾，不曾在意，见一刀落将下来，南宫适着忙，叫声：『不好！』将身急闪过，那刀把护肩甲吞头削去半边，绒绳割断数寸，把南宫适唬得魂飞天外，大败进城。太鸾赶杀周兵，得胜回营，见邓九公，曰：『今逢南宫适大战，被末将刀劈护肩甲吞头，不能枭首，请令定夺。』邓九公曰：『首功居上；虽不能斩南宫适之首，已挫周将之锐。』且说南宫适进城，至相府，回见子牙，具言失利，几乎丧师辱命。子牙曰：『「胜败军家之常」，为将务要见机，进则可以成功，退则可以保守无虞，此乃为将之急务也。』次日邓九公传令，调五方队伍，大壮军威，炮声如雷，三军踊跃，喊杀振天，来至城下，请姜子牙答话。探子马报入相府。子牙吩咐辛甲：『先调大队人马出城，吾亲会邓九公。』西岐连珠炮响，两扇门开，一簇人马踊出。邓九公定睛观看，只见两杆大红旗，飘飘而出，引一队人马，分为前队；有穿红周将压住阵脚。怎见得人马雄伟，有诗为证，诗曰：

旗分离位列前锋，朱雀迎头百事凶。
铁骑横排冲阵将，果然人马似蛟龙。

二声号炮，又见两杆青旗，飞扬而出，引一队人马，立于左队；有穿青周将压住阵脚。怎见得人马鹰扬，有诗为证，诗曰：

青龙旗展震宫旋，短剑长矛次第先。
更有冲锋窝里炮，追风须用火攻前。

三声炮响，只见两杆白旗，飘扬而出。引一队人马，立于右队；有穿白周将压住阵脚。怎见得人马勇猛，有诗为证，诗曰：

旗分兑位虎为头，戈戟森森列敌楼。
硬弩强弓遮战士，中藏遁甲鬼神愁。

邓九公对诸将曰：『姜尚用兵，真个纪律严明，甚得形势之分，果有将才。』再看时，又见两杆皂旗，飞舞而出，引一队人马，立于后队；有穿黑周将压住阵脚。怎见得人马齐整，有诗为证，诗曰：

坎宫玄武黑旗幡，鞭锏抓锤衬铁镲。
左右救应为第一，鸣金击鼓任频敲。

又见中央摆列杏黄旗在前，引着一大队人马，攒簇五方八卦旗幡，众门人一对对排雁翅而出；有二十四员战将，俱是金盔，金甲，红袍，画戟，左右分十二骑；中间四不像上，端坐子牙，甚是气概轩昂，兵威严肃。怎见得，有诗为证，诗曰：

中央戊己号中军，宝纛旗开五色云。

十二牙门排将士，元戎大帅此中分。

话说邓九公看子牙兵按五方而出，左右顾盼，进退舒徐，纪律严肃，井井有条，兵威甚整，真堂堂之阵，正正之旗，不觉点首嗟叹：『果然话不虚传！无怪先来将士损兵折将，真劲敌也！』乃纵马向前言曰：『姜子牙请了！』子牙欠身答曰：『邓元帅，卑职少礼。』邓九公曰：『姬发不道，大肆猖獗。你乃是昆仑山明士，为何不知人臣之礼，恃强叛国，大败纲常，招亡结党，法纪安在！及至天子震怒，兴师问罪，尚敢逆天拒敌，尔必有大败之愆；不守国规，自有戮身之苦。今天兵到日，急早下马受缚，以免满城生灵涂炭。如抗吾言，那时城破被擒，玉石碎焚，悔之晚矣。』子牙笑曰：『邓将军，你这篇言词，真如痴人说梦。今天下归周，人心效顺，即数次主帅，俱兵亡将掳，片甲无回。今将军将不过十员，兵不足二十万，真如群羊斗虎，以卵击石，未有不败者也。依吾愚见，不若速回兵马，转达天听，言姬周并未有不臣之心，各安边境，真是美事。若是执迷不悟，恐蹈闻太师之辙，那时噬脐何及！』邓九公大怒，谓诸将曰：『似此卖面编篱小人，敢触犯天朝元宰，不杀此村夫，怎消此恨！』纵马舞刀，飞来直取。子牙左有武成王黄飞虎催开五色神牛，大呼：『邓九公不得无礼！』邓九公见黄飞虎，大骂曰：『好反贼！敢来见吾！』二骑交加，刀枪并举。黄飞虎枪法如龙；邓九公刀法似虎。二将相交，一场大战。怎见得，有赞为证：

二将恃强无比赛，各守名利夸能会：一个赤铜刀举荡人魂；一个银蟒枪飞惊鬼怪。一个冲营斩将势无伦；一个捉虎擒龙谁敢对。生来一对恶凶神，大战西岐争世界。

话说邓九公战住黄飞虎。左哨哪吒见黄飞虎战邓九公不下，忍不得蹬开风火轮，摇枪助战。成汤营中邓九公长子邓秀纵马冲来，这壁厢黄天化催开玉麒麟截战。太鸾舞刀冲来，武吉摇枪抵住。赵升使方天戟杀来，这里太颠挡住。成汤营孙焰红冲杀过来，有黄天禄接住。两家混战，好杀！只杀得天昏地暗，旭日无光，嗗碌碌战鼓忙敲，咭叮当两家兵器。怎见得，有赋为证，赋曰：

二家混战，士卒奔腾。冲开队伍势如龙，砍倒旗幡雄似虎。兵对兵，将对将，各分头目使深机；枪迎枪，箭迎箭，两下交逢乘不意。你往我来，遭着兵刃命随倾；顾后瞻前，错了心神身不保。只杀得征云黯淡，两家将佐眼难明；哪里知怪雾弥漫，报效儿郎寻队伍。正是：英雄恶战不寻常，棋逢敌手难分解。

话说两家大战西岐城下。哪吒用开火尖枪，助黄飞虎协战邓九公。九公原是战将，抖擞神威，展开大刀，精神加倍。哪吒见邓九公勇猛，暗取乾坤圈打来，正中九公左臂上，打了个带断皮开，几乎坠马。周兵见哪吒得胜，呐了一声喊，杀奔过来。太颠不妨赵升把口一张，喷出数尺火来，烧得焦头烂额，险些儿落马。两家混战一场，各自收兵。

且说九公败进大营，声唤不止，痛疼难禁，昼夜不安。且言子牙进城，回至相府，见太颠带伤，命去调养。不表。

且言邓九公在营，昼夜不安。有女婵玉见父着伤，心下十分懊恼。次日，问过父安，禀：『爹爹且自调理，待女孩儿为父亲报仇。』邓九公曰：『吾儿须要仔细。』小姐随点本部人马，至城下请战。子牙坐在银安殿，正与众将议事，忽报：『成汤营有一女将讨战。』子牙听报，沉吟半晌。旁有武成王言曰：『丞相千场大战未尝忧惧；今闻一女将，为何沉吟不决？』子牙曰：『用兵有三忌：道人，陀头，妇女。此三等人非是左道，定有邪术。彼仗邪术，恐将士不提防，误被所伤，深为利害。』哪吒应声出曰：『弟子愿往。』子牙吩咐：『小心！』哪吒领命，上了风火轮，出得城来，果见一女将滚马而至。怎见得，有赞为证，赞曰：

红罗包凤髻，绣带扣潇湘。一瓣红蕖挑宝镫，更现得金莲窄窄；两湾翠黛拂秋波，越觉得玉溜沉沉。娇姿袅娜，慵拈针指好抡刀；玉手青葱，懒傍妆台骑劣马。桃脸通红，羞答答通名问姓，玉粳微狠，娇怯怯夺利争名。漫道佳人多猛烈，只因父子出营来。

有诗为证，诗曰：

甲胄无双貌出奇，娇羞袅娜更多姿。
只因误落凡尘里，致使先行得结褵。

哪吒大呼曰：『女将慢来！』邓婵玉问曰：『来将是谁？』哪吒答曰：『吾乃是姜丞相麾下哪吒是也。你乃五体不全妇女，焉敢阵前使勇！况你系深闺弱质，不守家教，露面抛头，不识羞愧。料你总会兵机，也难逃吾之手。还不回营，另换有名上将出来。』婵玉大怒：『你就是伤吾父亲仇人，今日受吾一刀！』切齿面红，纵马使双刀来取。哪吒火尖枪急架相还。二将往来，战未数合，邓婵玉想：『吾先下手为强。』把马一拨，掩一刀就走，『吾不及你！』哪吒点头叹曰：『果然是个女子，不耐大战。』竟往下赶来。赶未及三五射之地，邓婵玉扭颈回头，见哪吒赶来，挂

左哨哪吒见黄飞虎战邓九公不下，忍不得登开风火轮，摇枪助战。

下刀，取五光石掌在手中，回手一下，正中哪吒脸上。正是：

发手五光出掌内，纵是仙凡也皱眉。

话说邓婵玉回手一石，正打中哪吒面上，只打得傅粉脸青紫，鼻眼皆平，败回相府。子牙看见哪吒面上着伤，乃问其故。哪吒曰：『弟子与女将邓婵玉战未数合，那贱人就走；弟子赶去，要拿他成功；不防他回首一道光华，却是一块石头，正中脸上，打得如此狼狈。』子牙曰：『追赶必要小心。』旁有黄天化言曰：『为将之道：身临战场，务要眼观四处，耳听八方。难道你一块石头也不会招架，被他打伤；今恐土星打断，就破了相，一生俱是不好。』把哪吒气得怒冲牛斗，今日失机着伤，又被黄天化一场取笑。

且说邓婵玉进营，见父亲回话，说打伤哪吒一事。邓九公闻言虽是欢喜，其如疼痛难禁。次日，邓婵玉复来搦战。探马报入相府。子牙曰：『谁去走一遭？』黄天化曰：『弟子愿往。』子牙曰：『须是仔细。』天化领令，上了玉麒麟，出城列阵。邓婵玉马走如飞，上前问曰：『来将何

名？』黄天化曰：『吾乃开国武成王长男黄天化是也。你这贱人，可是昨日将石打伤吾道兄哪吒？是你么？不要走！』举锤就打。女将双刀劈面来迎，二人锤刀交架，未及数合，拨马就走。邓婵玉高声叫曰：『黄天化，你敢来赶我？』天化在坐骑上思想：『吾若不赶他，恐哪吒笑话我。』只得催开坐骑，往前赶来。邓婵玉闻脑后有声，挂下双刀，回手一石。黄天化急待闪时，已打在脸上，比哪吒分外打得狠，掩面逃回，进相府来回令。子牙见黄天化脸着重伤，仍问其故：『你如何不提防？』天化曰：『那贱人回马就是一石，故此未及防备。』子牙曰：『且养伤痕。』哪吒在后，听得黄天化失机，从后走出言曰：『为将要眼观四处，耳听八方。你连一女将如何也失手与他，被他打断山根，一百年还是晦气！』黄天化大怒曰：『你为何还我此言！我出于无心，你为何记其小忿！』哪吒亦怒：『你如何昨日辱我！』彼此争论，被子牙一声喝：『你两个为国，何必如此！』二人各自负愧，退入后寨。不题。

且说邓婵玉得胜回营，见父亲，言：『打了黄天化，败进城去了。』邓九公虽见连日得胜，但臂膊疼痛，度日如年。次日，邓婵玉又来城下请战。探马报入相府曰：『有婵玉在城下搦战。』子牙曰：『谁去走遭？』杨戬在旁，对龙须虎曰：『此女用石打人，师兄可往；吾当掠阵。』龙须虎曰：『弟子愿往；杨戬压阵。』子牙许之。二人出城。邓婵玉一见城里跳出一个东西来，自不曾见的。怎见得，有诗为证：

发石如飞实可夸，龙生一种产灵芽。
运成云水归周主，炼出奇形助子牙。

手似鹰隼足似虎，身如鱼滑鬓如虾。
『封神榜』上无名姓，徒建奇功与帝家。

话说邓婵玉见城内跳出个古怪东西来，唬得魂不附体，问曰：『来的甚么东西？』龙须虎大怒：『好贱人！吾乃姜丞相门徒龙须虎便是。』婵玉又问：『你来做甚么？』龙须虎曰：『今奉吾师之命，特来擒你。』邓婵玉不知龙须虎发手有石，只见龙须虎把手一放，照着邓婵玉打来，有磨盘大小的石头；两只手齐放，便如飞蝗一般，只打得遍地灰土迸起，甚如霹雳之声。婵玉马上自思：『此石来得利害！若不仔细，便打了马也是不好。』拨回马就走。龙须虎赶来。婵玉回头一看，见龙须虎赶来，婵玉回手一石打来。龙须虎见石头打来，把头往下一躲，颈子长，弯将过来，正中颈子窝儿骨，把龙须虎打的扭着颈子跑。婵玉复又一石，龙须虎独足难立，打了一跤。邓婵玉勒转马来，要取龙须虎首级。不知性命如何，且听下回分解。

第五十四回　土行孙立功显耀

诗曰：

征西将士有奇才，缩地能令浊土开。
劫寨偷营如掣电，飞书走檄若轰雷。
贪趋相府几亡命，恐失佳期被所媒。
总是君明天自爱，英谋奇略尽成灰。

话说杨戬见邓婵玉回马飞来要杀龙须虎，杨戬大呼曰：『少待伤吾师兄！』马走如飞，摇枪来刺。婵玉只得架枪。两马相交，未及数合，婵玉便走。杨戬随后赶来。婵玉又发一石，正中杨戬，打的脸上火星迸出，往下愈赶得紧了，他不知杨戬有无限腾挪变化。婵玉见马势赶得甚急，忙发一石，又中杨戬脸上；只当不知。婵玉正是着忙，杨戬祭起哮天犬，把邓婵玉颈子上一口，连皮带肉咬去了一块。婵玉负痛难忍，几乎落马，大败进营，叫痛不止。邓九公又见女儿着伤，心下十分不爽，纳闷在帐，切齿深恨哪吒。且说杨戬救了龙须虎，回见子牙。子牙见龙须虎又着石伤，虽然杨戬哮天犬伤了邓婵玉，子牙心上也自不悦。

当日邓九公父子着伤，日夜煎熬。四将在营商议：『今主帅带伤，不能取胜西岐，奈何？』正议论间，报：『有督粮官土行孙等令。』内帐传出：『令来。』土行孙上帐，不见主帅，问其原故，太鸾备言其事。土行孙进帐

来，见邓九公问安。九公说：『被哪吒打伤肩臂，筋断骨折，不能全愈；今奉旨来征西岐，谁知如此！』土行孙曰：『主将之伤不难，末将有药。』忙取葫芦里一粒金丹，用水研开，将鸟翎搽上，真如甘露沁心，立时止痛。土行孙又听得帐后有妇女娇怯悲惨之声，土行孙问曰：『里面是何人呻吟？』九公曰：『是吾女婵玉，也被着伤。』土行孙又取出一粒金丹，如前取水研开，扶出小姐，用药敷上，立时止痛，邓九公大喜；至晚，帐内摆酒待土行孙，众将共饮。土行孙请问邓九公：『与姜子牙见了几阵？』九公曰：『屡战不能取胜。』土行孙笑曰：『当时主将肯用吾征时，如今平服西岐多时了。』九公暗想：『此人必定有些本事。他无有道术，申公豹决不荐他。也罢，不若把他改作正印先行。』彼时酒散。次早升帐，九公谓太鸾曰：『将军今把先行印让土行孙挂了，使他早能成功，回师奏凯，共享皇家天禄，无使迁延日月，何如？』太鸾曰：『主帅将令，末将怎敢有违？况土行孙早能建功，岂不是美事。情愿让位。』忙将正印交代。土行孙当时挂印施威，领本部人马，杀奔西岐城下，厉声大呼曰：『只叫哪吒出来答话！』子牙正与诸将商议，忽报：『汤营有将搦战，坐名要哪吒答话。』子牙命哪吒出城。哪吒蹬风火轮来至阵前，只管瞧，不见将官，只管望营里看。土行孙其身止高四尺有余，哪吒不曾往下看。土行孙叫曰：『来者何人？』哪吒方往下一看，原来是个矮子，身子不过四尺，拖一根宾铁棍。哪吒问曰：『你是甚么人，敢来大张声势？』土行孙曰：『吾乃邓元帅麾下先行官土行孙是也。』哪吒曰：『你来作何事？』土行孙曰：『奉令特来擒你。』哪吒大笑不止，把枪往下一戳，土行孙把棍往上迎来。哪吒蹬风火轮，使开枪，展不开手。土行孙矮，只是前后跳，把哪吒杀出一身汗来。土行孙战了一回，跳出圈子，大叫曰：『哪吒！你长我矮，你不好发手，我不好用功。你下轮来，见个输赢。』哪吒想一想：『这矮匹夫自来取死。』哪吒从其言，忙下轮来，把枪来挑。土行孙身子矮小，钻将过去，把哪吒腿上打了一棍。哪吒急待转身，土行孙又往后面，又把哪吒胯子上又打两棍。哪吒急了，才要用乾坤圈打他，不防土行孙祭起捆仙绳，一声响，把哪吒平空拿了去，望辕门下一掷，把哪吒缚定，怎能得脱此厄，正是：

飞龙洞里仙绳妙，不怕莲花变化身。

话说土行孙得胜回营，见邓九公回报：『生擒哪吒。』邓九公令：『来。』只见军卒把哪吒抬来，放在丹墀下。邓九公问曰：『如何这等拿法？』土行孙曰：『各有秘传。』邓九公想一想，意欲斩首，但思：『奉诏征西，今获大将，解往朝歌，使天子裁决，更尊天子之威，亦显边戍元戎之勇。』传令：『将哪吒拘于后营。』令军政司上土行孙首功。营中治酒庆功。

且说报马进相府，报说哪吒被擒一事。子牙惊问探马：『如何擒去？』掠阵官启曰：『只见一道金光，就平空的拿去了。』子牙沉吟：『又是甚么异人来了？』心下郁郁不乐。次日，报：『土行孙请战。』子牙曰：『何人会土行孙？』阶下黄天化应声而出：『愿往。』子牙许之。天化上了玉麒麟，出城看土行孙，大喝曰：『你这缩头畜生，焉敢伤吾道兄！』手中锤分顶门打来。土行孙宾铁棍左右来迎。锤打棍，寒风凛凛；棍进锤，杀气腾腾。战未及数合，

只见军卒把哪吒抬来，放在丹墀下。

土行孙盗了惧留孙师父捆仙绳，在这里乱拿人，不知好歹，又祭起捆仙绳，将黄天化拿了；如哪吒一样，也拘在后营。哪吒一见黄天化也如此拿将进来，就把黄天化激得三尸神暴跳，大呼曰：『吾等不幸，又遭如此陷身！』哪吒曰：『师兄不必着急。命该绝地，急也无用；命若该生，且自宁耐。』话说子牙又闻得拿了黄天化，子牙大惊，心下不乐。相府两边乱腾腾的议论。不表。

且言土行孙得了两功，邓元帅治酒庆贺，夜饮至二更，土行孙酒后狂谈，自恃道术，夸张曰：『元帅若早用末将，子牙已擒，武王早缚，成功多时矣。』邓九公见土行孙连胜两阵，擒拿二将，如此深信其言。酒至三更，众将各回寝帐。独土行孙还吃酒。九公失言曰：『土将军，你若早破西岐，吾将弱女赘公为婿。』土行孙听得此言，满心欢喜，一夜踌蹰不睡。且言次日邓九公令土行孙：『早早立功，旋师奏凯，朝贺天子，共享千钟。』土行孙领命，排开阵势，坐名要姜子牙答话。报马报进相府来。子牙随即出城，众将在两边，见土行孙跳跃而来，大

呼曰：『姜子牙，你乃昆仑之高士，吾特来擒你，可早早下马受缚，无得使我费手。』众将官哪里把他放在眼里？齐声大笑。子牙曰：『观你形貌，不入衣冠之内，你有何能，敢来擒吾？』土行孙不由分说，将铁棍劈面打来。子牙用剑架隔，只是捞不着他。如此往来，未及三五合，土行孙祭起捆仙绳，子牙怎逃此厄，捆下骑来。土行孙士卒来拿，这边将官甚多，齐奋勇冲出，一声喊，把子牙抢进城去了。惟有杨戬在后面，看见金光一道，其光正而不邪，叹曰：『又有些古怪！』且说众将抢了子牙进相府，来解此绳解不开，用刀割此绳，且陷在肉里，愈弄愈紧。子牙曰：『不可用刀割。』早已惊动武王，亲自进相府来看，问相父安；看见子牙这等光景，武王垂泪言曰：『孤不知得有何罪，天子屡年征伐，竟无宁宇，民受倒悬，军遭杀戮，将逢陷阱，如之奈何！相父今又如此受苦，使孤日夜惶悚不安！』杨戬在旁，仔细看这绳子，却似捆仙绳，自己沉吟：『必是此宝。』正虑之间，忽报：『有一道童要见丞相。』子牙道：『请进来。』原来是白鹤童子，至殿前见子牙，口称：『师叔，老爷法牒，送符印将此绳解去。』童儿把符印在绳头上，用手一指，那绳即时落将下来。子牙忙顿首昆仑，拜谢老师慈悯。白鹤童子回宫。不表。且说杨戬对子牙曰：『此绳是捆仙绳。』子牙曰：『岂有此理！难道惧留孙反来害我，决无此说！』正疑惑之间。次日，土行孙又来请战。杨戬应声而出：『弟子愿往。』子牙吩咐：『小心！』杨戬领令上马，提枪出得城来。土行孙曰：『你是何人？』杨戬道：『你将何术捆吾师叔？不要走！』摇枪来取。土行孙发棍来迎。枪棍交加。杨戬先自留心看他端的。未及五七合，土行孙祭捆仙绳来拿杨戬，只见光华灿烂，杨戬已被拿了。土行孙令士卒抬着杨戬，才到辕门，一声响，抬塌了，掉在地下，及至看时，乃是一块石头。众人大惊。土行孙亲目观见，心甚惊疑。正沉吟不语，只见杨戬大呼曰：『好匹夫！焉敢以此术惑吾！』摇枪来取。土行孙只得复身迎战。两家杀得长短不一。杨戬急把哮天犬祭在空中。土行孙看见，将身子一扭，即时不见。杨戬观看，便骇然大惊曰：『成汤营里若有此人，西岐必不能取胜。』凝思半晌，面有忧色。回进相府，来进子牙。看见杨戬这等面色，问其故。杨戬曰：『西岐又添一患。土行孙善有地行之术，奈何！这到不可不防。这事是件没有遮拦的。若是他暗进城来，怎能准备！』子牙曰：『有这样事？』杨戬曰：『他前日拿师叔，据弟子看，定是捆仙绳。今日弟子被他捆着，我留心着意，仔细定睛，还是捆仙绳，分毫不差。待弟子往夹龙山飞龙洞去探问一番，何如？』子牙曰：『此虑甚远，且防他目下进城。』杨戬亦不敢再说。

且说土行孙回营来见邓九公，问曰：『今日胜了何人？』土行孙把擒杨戬之事说了一遍。九公曰：『但愿早破西岐，旋师奏凯，不负将军得此大功也。』土行孙暗想：『不然今夜进城，杀了武王，诛了姜尚，眼下成功，早成姻眷，多少是好！』土行孙上帐言曰：『元帅不必忧心，末将今夜进西岐，杀了武王、姜尚，找二人首级回来，进朝报功；西岐无首，自然瓦解。』九公曰：『怎得入城？』土行孙曰：『昔日吾师传我有地行之术，可行千里。如进城，有何难事？』邓九公大喜，治酒与土将军贺功，晚间进西岐，行刺武王、子牙。不表。

且言子牙在府，虑土行孙之事，忽然一阵怪风刮来，甚是利害。怎见得，有赞为证：

土行孙看见妃子脸似桃花，异香扑鼻，不觉动了欲心，乃大喝一声：『你是何人，兀自熟睡？』

淅淅萧萧，飘飘荡荡。淅淅萧萧飞落叶，飘飘荡荡卷浮云。松柏遭摧折，波涛尽搅浑。山鸟难栖，海鱼颠倒。东西铺阁，难保门窗脱落；前后屋舍，怎分户牖倾欹。真是：无踪无影惊人胆，助怪藏妖出洞门。

子牙在银安殿下，见大风一阵，刮得来，响一声，把宝纛幡一折两段。子牙大惊，忙取香案，焚香炉内，将八卦搜求吉凶。子牙铺下金钱，便知就里，大惊拍案曰：『不好！』命左右：『忙传请武王驾至相府！』众门人慌问其故。子牙曰：『杨戬之言大是有理！方才风过甚凶，主土行孙今晚进城行刺。』命：『府前大门悬三面镜子，大殿上悬五面镜子，今晚众将不要散去，俱在府内严备看守，须弓上弦，刀出鞘，以备不虞。』少时，诸将披执上殿。只见门官报入：『武王驾至。』子牙忙率众将接驾至殿内，行礼毕。武王曰：『相父请孤，有何见谕？』子牙曰：『老臣今日训练众将六韬，特请大王筵宴。』武王大喜：『难得相父如此勤劳，孤不胜感激。只愿兵戈宁息，与相父共享安康也。』子牙忙令左右安排筵席，侍武王饮宴；只是谈笑军国重务，不

敢说土行孙行刺一节。且说邓九公饮酒至晚，时至初更。土行孙辞邓九公、众将，打点进西岐城。邓九公与众将立起，看土行孙把身子一扭，杳然无迹无踪。邓九公抚掌大笑曰：『天子洪福，又有这等高人辅国，何愁祸乱不平！』且说土行孙进了西岐，到处找寻。来至子牙相府，只见众将弓上弦，刀出鞘，侍立两旁。土行孙在下面立等，不得其便，只得伺候。且说杨戬上殿来，对子牙悄悄道了几句，子牙许之。子牙先把武王安在密室，着四将保驾。子牙自坐殿上，运用元神，保护自己。不题。且言土行孙在下面久等，不能下手，心中焦躁起来，自思：『也罢！我且往宫里杀了武王，再来杀姜子牙不迟。』土行孙离了相府，来寻皇城，未步数步，忽然一派笙簧之音，猛抬头看时，已是宫内。只见武王同嫔妃奏乐饮宴。土行孙见了大喜。正所谓：

踏破铁鞋无觅处，得来全不用功夫。

话说土行孙喜不自胜，轻轻衬在底下等候。只见武王曰：『且止音乐。况今兵临城下，军民离乱，收了筵席，且回宫安寝。』两边宫人随驾入宫。武王命众宫人各散，自同宫妃解衣安寝；不一时，已有鼻息之声。土行孙把身子钻将上来，此时红灯未灭，举室通明。行孙提刀在手，上了龙床，揭起帐幔，搭上金钩，武王合眼朦胧，酣然熟睡。土行孙只一刀，把武王割下头来，往床下一掷。只见宫妃尚闭目酣睡不醒。土行孙看见妃子脸似桃花，异香扑鼻，不觉动了欲心，乃大喝一声：『你是何人，兀自熟睡？』那女子醒来，惊问曰：『汝是何人，黄夜至此？』土行孙曰：『吾非别人，乃成汤营中先行官土行孙是也。武王已被吾所杀。尔欲生乎，欲死乎？』

宫妃曰：『我乃女流，害之无益，可怜赦妾一命，其恩非浅。若不弃贱妾貌丑，收为婢妾，得侍将军左右，铭德五内，不敢有忘。』土行孙原是一位神祇，怎忘爱欲？心中大喜：『也罢，若是你心中情愿，与我暂效鱼水之欢，我便赦你。』女子听说，满面堆下笑来，百般应喏。土行孙不觉情逸，随解衣上床，往被里一钻，神魂飘荡，用手正欲抱搂女子，只见那女人双手反把土行孙搂住一束，土行孙气儿也叹不过来，叫道：『美人，略松着些！』那女子大喝一声：『好匹夫！你把吾当谁！』叫左右：『拿住了土行孙！』三军呐喊，锣鼓齐鸣。土行孙及至看时，原来是杨戬。土行孙赤条条的，不能展挣，已被杨戬擒住。此是杨戬智擒土行孙。杨戬将土行孙夹着走，不放他沿着地；若是沿着地，他就走了。土行孙自己不好看相，只是闭着眼。且说子牙在银安殿，只闻金鼓大作，杀声震地，问左右：『哪里杀声？』只见门官报进相府：『启丞相：杨戬智擒了土行孙。』子牙大喜。杨戬夹着土行孙在府前听令。子牙传令：『进来。』杨戬把土行孙赤条条的夹到檐前来。子牙一见，便问杨戬曰：『拿将成功，这是如何光景？』杨戬夹着土行孙答曰：『这人善能地行之术，若放了他，沿了地就走了。』子牙传令：『拿出去斩了！』杨戬领令，方出府；子牙批行刑箭出。杨戬方转换手来用刀，土行孙往下一挣，杨戬急抢时，土行孙沿土去了。杨戬面面相觑，来回子牙曰：『弟子只因换手斩他，被他挣脱，沿土去了。』子牙听说，默然不语。此时丞相府吵嚷一夜。不表。且说土行孙得生，回至内营，悄悄的换了衣裳，来至营门听令。邓九公传令：『令来。』土行孙至帐前。邓九公问曰：『将军昨晚至西岐，功业如何？』土行孙曰：『子牙防守严紧，分毫不能下手，故此守至天明空回。』邓九公不知所以原故，也自罢了。且说杨戬上殿，来见子牙曰：『弟子往仙山洞府，访问土行孙是如何出处，将捆仙绳问个下落。』子牙曰：『你此去，又恐土行孙行刺；你不可迟误，事机要紧！』杨戬曰：『弟子知道。』杨戬领令，离了西岐，往夹龙山来，不知后事如何，且听下回分解。

第五十五回　土行孙归伏西岐

诗曰：

藏身匿影总无良，水到渠成为甚忙。
背却天真贪爱欲，有违师训逐疆场。
百千伎俩终归正，八九元功自异常。
两国始终成好合，认由月老定鸾凰。

话说杨戬借土遁往夹龙山来，正驾遁光，风声雾色，不觉飘飘荡荡落将下来，乃是一座好山。但见：

山顶嵯峨摩斗柄，树梢仿佛接云霄。青烟堆里，时闻谷口猿啼；乱翠阴中，每听松间鹤唳。啸风山魅，立溪边戏弄樵夫；成器狐狸，坐崖畔惊张猎户。八面崔嵬，四围险峻。古怪乔松盘翠岭，槎枒老树挂藤萝。绿水清流，阵阵异香忻馥馥；巅峰彩色，飘飘隐现白云飞。时见大虫来往，每闻山鸟声鸣。麂鹿成群，穿荆棘往来跳跃；玄猿出入，盘溪涧摘果攀桃。伫立草坡一望，并无人走；行来深凹，俱是采药仙童。不是凡尘行乐地，赛过蓬莱第一峰。

话说杨戬落下土遁来，见一座山，着实罕见。往前一望，两边俱是古木乔松，路径幽深，杳然难觅。行过数十步，只见一座桥梁。杨戬过了桥，又见碧瓦雕檐，金钉朱户，上悬一扁：『青鸾斗阙』。杨戬观羡不尽，甚是清幽，不觉立在松阴之下，看玩景致。只见朱红门开，鸾鸣鹤唳之声；又见数对仙童，各执旗幡羽扇。当中有一位道姑，身穿大红白鹤绛绡衣，徐徐而来；左右分八位女童，香风袅袅，彩瑞翩翩。怎见得，有赞为证：

鱼尾金冠霞彩飞，身穿白鹤绛绡衣。
蕊宫玉阙曾生长，自幼瑶池养息机。
只因劝酒蟠桃会，误犯天条谪翠微。
『青鸾斗阙』权修摄，再上灵霄启故扉。

话说杨戬隐在松林之内，不好出来，只得待他过去，方好起身。只见道姑问左右童：『是哪里有闲人隐在林内？走去看来。』有一女童儿往林中来，杨戬迎上前去，口称：『道兄，方才误入此山，弟子乃玉泉山金霞洞玉鼎真人门下杨戬是也。今奉姜子牙命，往夹龙山去探机密事，不意驾土遁误落于此。望道兄转达娘娘，我弟子不好上前请罪。』女童出林见道姑，把杨戬的言语一一回复了。道姑曰：『既是玉鼎真人门下，请来相见。』杨戬只得上前施礼。道姑曰：『杨戬，你往哪里去，今到此处？』杨戬曰：『因土行孙同邓九公伐西岐，他有地行之术，前日险些被他伤了武王与姜子牙；如今访其根由，觅其实迹，设法擒他。不知误落此山，失于回避。』道姑曰：『土行孙乃惧留孙门人，你请他师父下山，大事可定。你回西岐，多拜上姜子牙。你速回去。』杨戬躬身问曰：『请娘娘尊姓，大名？回西岐好言娘娘圣德。』道姑曰：『吾非别人，乃昊天上帝亲女，瑶池金母所生。只因那年蟠桃会，该我奉酒，有失规矩，误犯清戒，将我谪贬凤凰山青鸾斗阙。吾乃龙吉公主是也。』杨戬躬身，辞了公主，借土遁而行；未及盏

茶时候，又落在低泽之旁。杨戬偏生要行此遁，为何又落，只见泽中微微风起：

扬尘播土，倒树摧林。海浪如山耸，浑波万叠侵。乾坤昏惨惨，日月暗沉沉。一阵摇松如虎啸，忽然吼树似龙吟。万窍怒号天噎气，飞沙走石乱伤人。

话说杨戬见狂风大作，雾暗天愁，泽中旋起二三丈水头。猛然开处，见一怪物，口似血盆，牙如钢剑，大叫一声：『哪里生人气？』跳上岸来，两手捻叉来取。杨戬笑曰：『好孽障！怎敢如此！』手中枪急架相还。未及数合，杨戬发手，用五雷诀，一声响，霹雳交加，那精灵抽身就走。杨戬随后赶来。往前跳至一山脚下，有斗大一个石穴，那妖精往里面钻了去。杨戬笑曰：『是别人不进来；遇我，凭你有多大一个所在，我也走走！』喝声：『疾！』随跟进石穴中来。只见里边黑暗不明。杨戬借三昧火眼，现出光华，照耀如同白昼。原来里面也大，只是一个尽头路。观看左右，并无一物，只见闪闪灼灼，一口三尖两刃刀，又有一包袱扎在上面。杨戬连刀带出来，把包袱打开一看，是一件淡黄袍。怎见得，有赞为证：

淡鹅黄，铜钱厚；骨突云，霞光透。属戊己，按中央。黄澄澄，大花袍。浑身上下金光照。

杨戬将袍抖开，穿在身上，不长不短；把刀和枪扎在一处，收了黄袍，方欲起身，只听的后面大呼曰：『拿住盗袍的贼！』杨戬回头，见两个童儿赶来。杨戬立而问曰：『那童子，哪个盗袍？』童子曰：『是你。』杨戬大喝一声：『吾盗你的袍？把你这孽障！吾修道多年，岂犯贼盗！』二童子曰：『你是谁？』杨戬曰：『吾乃玉泉山金霞洞

且说杨戬架土遁至夹龙山飞龙洞，径进洞，见了惧留孙下拜，口称：『师伯。』惧留孙忙答礼曰：『你来做甚么？』

玉鼎真人门下杨戬是也。』二童听罢，倒身下拜：『弟子不知老师到，有失迎迓。』杨戬曰：『二童子果是何人？』童子曰：『弟子乃五夷山金毛童子是也。』杨戬曰：『你既拜吾为师，你先往西岐去，见姜丞相，你说我往夹龙山去了。』金毛童子曰：『倘姜丞相不纳，如何？』杨戬曰：『你将此枪连刀袍都带去，自然无事。』二童辞了师父，借水遁往西岐来了。正是：

玄门自有神仙诀，脚踏风云咫尺来。

话说金毛童子至西岐，寻至相府前，对门官曰：『你报丞相，说有二人求见。』门官进来启丞相：『有二道童求见。』子牙命：『来。』二童人见子牙，倒身下拜：『弟子乃杨戬门徒金毛童子是也。家师中途相遇，为得刀袍，故先着弟子来。师父往夹龙山去了。特来谒叩老爷。』子牙曰：『杨戬又得门人，深为可喜。』留在本府听用。不题。

且说杨戬架土遁至夹龙山飞龙洞，径进洞，见了惧留孙下拜，口称：『师伯。』惧留孙忙答礼曰：『你来做甚么？』杨戬道：『师伯可曾不

见了捆仙绳？』惧留孙慌忙站起曰：『你怎么知道？』杨戬曰：『有个土行孙同邓九公来征伐西岐，用的是捆仙绳，将子牙师叔的门人拿入汤营，被弟子看破，特来奉请师伯。』惧留孙听得，怒曰：『好畜生！你敢私自下山，盗吾宝贝，害吾不浅！杨戬，你且先回西岐，我随后就来。』杨戬离了高山，回到西岐，至府前，入见子牙。子牙问曰：『可是捆仙绳？』杨戬把收金毛童子事，误入青鸾斗阙，见惧留孙的事说了一遍。子牙曰：『可喜你又得了门下！』杨戬曰：『前缘有定，今得刀袍，无非赖师叔之大德，主上之洪福耳。』且言惧留孙吩咐童子：『看守洞门，候我去西岐走一遭。』童子领命。不题。道人驾纵地金光法来至西岐。左右报与子牙：『惧留孙仙师来至。』子牙迎出府来。二人携手至殿，行礼坐下。子牙曰：『高徒累胜吾军，我又不知；后被杨戬看破，只得请道兄一顾，以完道兄昔日助燃灯道兄之雅。末弟不胜幸甚！』惧留孙曰：『自从我来破十绝阵回去，自未曾检点此宝；岂知是这畜生盗在这里作怪！不妨，须得……如此如此，顷刻擒获。』子牙大喜。次日，子牙独自乘四不像往成汤辕门前后，观看邓九公的大营，若探视之状。只见巡营探子报入中军：『启元帅：姜丞相乘骑在辕门私探，不知何故。』邓九公曰：『姜子牙善能攻守，晓畅兵机，不可不防。』旁有土行孙大喜曰：『元帅放心，待吾擒来，今日成功。』土行孙暗暗走出辕门，大呼曰：『姜尚！你私探吾营，是自送死期，不要走！』举手中棍照头打来。子牙仗手中剑急架来迎。未及三合，子牙拨转四不像就走。土行孙随后赶来，祭起捆仙绳，又来拿子牙。他不知惧留孙驾着金光法隐在空中，只管接他的。土行孙意在拿子牙，早奏功回朝，要与邓婵玉成亲。此正是爱欲迷人，真性自昧。只顾拿人，不知省视前后一路；只是祭起捆仙绳，不见落下来，也不思忖。只顾赶子牙，不上一里，把绳子都用完了；随手一摸，只至没有了，方才惊骇。土行孙见势头不好，站立不赶。子牙勒转四不像，大呼曰：『土行孙敢至此再战三合否？』土行孙大怒，拖棍赶来。才转过城垣，只见惧留孙曰：『土行孙哪里去！』土行孙抬头，见是师父，就往地下一钻。惧留孙用手一指，『不要走！』只见那一块土比铁还硬，钻不下去。惧留孙赶上，一把抓住顶瓜皮，用捆仙绳四马攒蹄捆了，拎着他进西岐城来。众将知道擒了土行孙，齐至府前来看。道人把土行孙放在地下。杨戬曰：『师伯仔细，莫又走了他！』惧留孙曰：『有吾在此，不妨。』复问土行孙曰：『你这畜生！我自破十绝阵回去，此捆仙绳我一向不曾检点，谁知被你盗出。你实说，是谁人唆使？』土行孙曰：『老师来破十绝阵，弟子闲耍高山，遇逢一道人跨虎而来，问弟子叫甚名字，弟子说名与他。弟子也随问他；他说是阐教门人申公豹。他看我不能了道成仙，只好受人间富贵。他教我往闻太师行营成功。弟子不肯。他荐我往三山关邓九公麾下建功。师父，弟子一时迷惑，但富贵人人所欲，贫贱人人所恶，弟子动了一个贪痴念头，故此盗了老师捆仙绳，两葫芦丹药，走下尘寰。望老师道心无处不慈悲，饶了弟子罢！』子牙在旁曰：『道兄，似这等畜生，坏了吾教，速速斩讫报来！』惧留孙曰：『若论无知冒犯，理当斩首。但有一说：此人子牙公后有用他处，可助西岐一臂之力。』子牙曰：『道兄传他地行之术，他心毒恶，暗进城垣，行刺武王与我，赖皇天庇佑，风折旗幡，把吾惊觉，算有吉凶，着实防备，方使我君臣无虞，若是毫厘差迟，道兄也有干系。此事还多亏杨戬设法擒获，又被他狡猾走了。这样东西，留他作甚！』子牙说罢，惧留孙大惊，

忙下殿来大喝曰：『畜生！你进城行刺武王，行刺你师叔，那时幸而无虞；若是差迟，罪系于我。』土行孙曰：『我实告师尊：弟子随邓九公征伐西岐，一次仗师父捆仙绳拿了哪吒，二次擒了黄天化，三次将师叔拿了。邓元帅与弟子贺功，见我屡拿有名之士，将女许我，欲赘为婿；被他催逼弟子，弟子不得已，仗地行之术，故有此举。怎敢在师父跟前有一句虚语！』惧留孙低头连想，默算一回，不觉嗟叹。子牙曰：『道兄为何嗟叹？』惧留孙曰：『子牙公，方才贫道卜算，这畜生与那女子该有系足之缘。前生分定，事非偶然。若得一人作伐，方可全美。若此女来至，其父不久也是周臣。』子牙曰：『吾与邓九公乃是敌国之雠，怎能得全此事？』惧留孙曰：『武王洪福，乃有道之君。天数已定，不怕不能完全。只是选一能言之士，前往汤营说合，不怕不成。』子牙低头沉思良久曰：『须得散宜生去走一遭方可。』惧留孙曰：『既如此，事不宜迟。』子牙命左右：『去请上大夫散宜生来商议。』命：『放了土行孙。』不一时，上大夫散宜生来至，行礼毕。子牙曰：『今邓九公有女邓婵玉，原系邓九公亲许土行孙为妻。今烦大夫至汤营作伐，乞为委曲周旋，务在必成，……如此如此，方可。』散宜生领命出城。不表。且说邓九公在营，悬望土行孙回来，只见一去，竟无影响；令探马打听多时，回报：『闻得土先行被子牙拿进城去了。』邓九公大惊曰：『此人捉去，西岐如何能克！』心下十分不乐。只见散宜生来与土行孙议亲。不知吉凶如何，且听下回分解。

第五十六回　子牙设计收九公

诗曰：

姻缘前定果天然，须信红丝足下牵。
敌国不妨成好合，仇雠应自得翩联。
子牙妙计真难及，鸾使奇谋枉用偏。
总是天机难预料，纣王无福镇乾坤。

话说散宜生出城，来至汤营，对旗门官曰：『辕门将校，报与你邓元帅得知：岐周差上大夫散宜生有事求见。』军政官报进中军：『启元帅：岐周差上大夫有事求见。』邓九公曰：『吾与他为敌国，为何差人来见我！必定来下说词，岂可容他进营，惑乱军心。你与他说：「两国正当争占之秋，相见不便。」』军政官出营，回复散宜生。宜生曰：『「两国相争，不阻来使。」相见何妨？吾此来奉姜丞相命，有事面决，非可传闻。再烦通报。』军政官只得又进营来，把散宜生言语对九公诉说一遍。九公沉吟。旁有正印先行官太鸾上前言曰：『元帅乘此机会放他进来，随机应变，看他如何说，亦可就中取事，有何不可？』九公曰：『此说亦自有理。』命左右：『请他进来。』旗门官出辕门，对散宜生曰：『元帅有请。』散大夫下马，走进辕门，进了三层鹿角，行至滴水檐前。邓九公迎下来。散宜生鞠躬，口称：『元帅！』九公曰：『大夫降临，有失迎候。』彼此逊让行礼。后人有诗单赞子牙妙计，诗曰：

子牙妙算世无伦，学贯天人泣鬼神。
纵使九公称敌国，蓝桥也自结姻亲。

话说二人逊至中军，分宾主坐下。邓九公曰：『大夫，你与我今为敌国，未决雌雄，彼此各为其主，岂得徇私妄议。大夫今日见谕，公则公言之，私则私言之，不必效舌剑唇枪，徒劳往返耳。予心如铁石，有死而已，断不为浮言所摇。』散宜生笑曰：『吾与公既为敌国，安敢造次请见。只有一件大事，特来请一明示，无他耳。昨因拿有一将，系是元帅门婿；于盘问中，道及斯意。吾丞相不忍骤加极刑，以割人间恩爱，故命宜生亲至辕门，特请尊裁。』邓九公听说，不觉大惊曰：『谁为吾婿，为姜丞相所擒？』散宜生说：『元帅不必故推，令婿乃土行孙也。』邓九公听说，不觉面皮通红，心中大怒，厉声言曰：『大夫在上：吾只有一女，乳名婵玉，幼而丧母。吾爱惜不啻掌上之珠，岂得轻意许人。今虽及笄，所求者固众，吾自视皆非佳婿。而土行孙何人，妄有此说也！』散宜生曰：『元帅暂行息怒，听不才拜禀：古人相女配夫，原不专在门第。今土行孙亦不是无名小辈，彼原是夹龙山飞龙洞惧留孙门下高弟；因申公豹与姜子牙有隙，故说土行孙下山，来助元帅征伐西岐。昨日他师父下山，捉获行孙在城，因穷其所事。彼言所以，虽为申公豹所惑，次为元帅以令爱相许，有此一段姻缘，彼因倾心为元帅而暗进岐城行刺，欲速成功，良有以也。昨已被擒，仗幸不枉。但彼再三哀求姜丞相、彼之师尊惧留孙曰：「为此一段姻缘，死不瞑目。」之语。即姜丞相与他师尊俱不肯赦，只予在旁劝慰：岂得以彼一时之过，而断送人间好事哉！因劝姜丞相暂且留人。宜生不辞劳顿，特谒元帅，恳求俯赐人间好事，曲成儿女恩情，此亦元帅天地父母之心。故宜生不避斧钺，特见尊颜，以求裁示。倘元帅果有此事，姜丞相仍将土行孙送还元帅，以遂姻亲，再决雌雄耳。并无他说。』邓九公曰：『大夫不知，此土行孙妄语耳。行孙乃申公豹所荐，为吾先行，不过一牙门裨将；吾何得骤以一女许之哉。彼不过借此为偷生之计，以辱吾女耳。大夫不可轻信。』宜生曰：『元帅也不必固却。此事必有他故。难道土行孙平白兴此一番言语，其中定有委曲。想是元帅或于酒后赏功之际，怜才惜技之时，或以一言安慰其心，彼便妄认为实，作此痴想耳。』九公被散宜生此一句话，买出九公一腔心事。九公不觉答道：『大夫斯言，大是明见！当时土行孙被申公豹荐在吾麾下，吾亦不甚重彼；初为副先行督粮使者，后因太鸾失利，彼恃其能，改为正先行官。首阵擒了哪吒，次擒黄天化，三次擒了姜子牙，被岐周众将抢回。土行孙进营，吾见彼累次出军获胜，治酒与彼贺功，以尽朝廷奖赏功臣至意。及至饮酒中间，彼曰：「元帅在上：若是早用末将为先行，吾取西岐多时矣。」那时吾酒后失口，许之曰：「你若取了西岐，吾将婵玉赘你为婿。」一来是奖励彼竭力为公，早完王事；今彼既已被擒，安得又妄以此言为口实，令大夫往返哉？』散宜生笑曰：『元帅此言差矣。大丈夫一言既出，驷马难追。况且婚姻之事，人之大伦，如何作为儿戏之谈？前日元帅言之，土行孙信之；土行孙又言之，天下共信之；传与中外，人人共信，正所谓「路上行人口似碑」。将以为元帅相女配夫，谁信元帅权宜之术，为国家行此不得已之深衷也。徒使令爱千金之躯作为话柄，闺中美秀竟作口谈。万一不曲全此事，徒使令爱有白头之叹。吾窃为元帅惜之！今元帅为汤之大臣，天下三尺之童无不奉命；若一

话说二人逊至中军，分宾主坐下。

旦而如此，吾不知所税驾矣。乞元帅裁之。』邓九公被散宜生一番言语说得默默沉思，无言可答。内见太鸾上前，附耳说：『……如此如此，亦是第一妙计。』邓九公听太鸾之言，回嗔作喜曰：『大夫之言深属有理，末将无不听命。只小女因先妻早丧，幼而失教，予虽一时承命，未知小女肯听此言？俟予将此意与小女商楔，再令人至城中回复。』散宜生只得告辞。邓九公送至营门而别。散宜生进城，将邓九公言语从头至尾说了一遍。子牙大笑曰：『邓九公此计，怎么瞒得我过！』俱留孙亦笑曰：『且看如何来说。』子牙曰：『动劳散大夫，俟九公人来，再为商议。』宜生退去。不表。

且说邓九公与太鸾曰：『适才虽是暂允，此事毕竟当如何处置？』太鸾曰：『元帅明日可差一能言之士，说：「昨日元帅至后营，与小姐商议，小姐已自听允；只是两边敌国，恐无足取信，是必姜丞相亲自至汤营纳聘，小姐方肯听信。」子牙如不来便罢，再为之计；若是他肯亲自来纳聘，彼必无带重兵自卫之理，如此，只一匹夫可擒耳。若是他带

有将佐，元帅可出辕门迎接，至中军用酒筵赚开他手下众将，预先埋伏下骁勇将士，俟酒席中击杯为号，擒之如囊中之物。西岐若无子牙，则不攻自破矣。』九公闻说大喜：『先行之言，真神出鬼没之机！只是能言快语之人，临机应变之士，吾知非先行不可。乞烦先行明日亲往，则大事可成。』太鸾曰：『若元帅不以末将为不才，鸾愿往周营叫子牙亲至中军，不劳苦争恶战，早早奏凯回军。』九公大喜。一宿晚景不题。次日，邓九公升帐，命太鸾进西岐说亲。太鸾辞别九公出营，至西岐城下，对守门官将曰：『吾是先行官太鸾；奉邓元帅命，欲见姜丞相。烦为通报。』守城官至相府，报与姜丞相曰：『城下有汤营先行官太鸾求见，请令定夺。』子牙听罢，对惧留孙曰：『大事成矣。』惧留孙亦自暗喜。子牙对左右曰：『速与我请来。』守门官同军校至城下，开了城门，对太鸾曰：『丞相有请。』太鸾忙忙进城，行至相府下马。左右通报：『太鸾进府。』子牙与惧留孙降阶而接。太鸾控背躬身言曰：『丞相在上：末将不过马前一卒，礼当叩见；岂敢当丞相如此过爱？』子牙曰：『彼此二国，俱系宾主，将军不必过谦。』太鸾再四逊谢，方敢就坐。彼此温慰毕。子牙以言挑之曰：『前者因惧道兄将土行孙擒获，当欲斩首；彼因再四哀求，言邓元帅曾有牵红之约，乞我少缓须臾之死，故此着散大夫至邓元帅中军，问其的确。倘元帅果有此言，自当以土行孙放回，以遂彼儿女之情，人间恩爱耳。幸蒙元帅见诺，俟议定回我。今将军赐顾，元帅必有教我。』太鸾欠身答曰：『蒙丞相下问，末将敢不上陈。今特奉主帅之命，多拜上丞相，不及写书；但主帅乃一时酒后所许，不意土行孙被获，竟以此事倡明，主帅亦不敢辞。但主帅此女，自幼失母，主帅爱惜如珠。况此事须要成礼，后日乃吉日良辰，意

欲散大夫同丞相亲率土行孙入赘，以珍重其事，主帅方有体面，然后再面议军国之事。不识丞相允否？』子牙曰：『我知邓元帅乃忠信之士，但几次天子有征伐之师至此，皆不由分诉，俱以强力相加；只我周这一段忠君爱国之心，并无背逆之意，不能见谅于天子之前，言之欲涕。今天假其便，有此姻缘，庶几将我等一腔心事可以上达天子，表白于天下也。我等后日，亲送土行孙至邓元帅行营，吃贺喜筵席。乞将军善言道达，姜尚感激不尽！』太鸾逊谢。子牙遂厚款太鸾而别。太鸾出得城来，至营门前等令。左右报入营中：『有先行官等令。』邓九公命：『令来。』太鸾至中军。九公问曰：『其事如何？』太鸾将姜子牙应允后日亲来言语，诉说一遍。邓九公以手加额曰：『天子洪福，彼自来送死！』太鸾曰：『虽然大事已成，但防备不可不谨。』邓九公吩咐：『选有力量军士三百人，各藏短刀利刃，埋伏帐外，听击杯为号，左右齐出，不论子牙众将，一顿刀剁为肉酱！』众将士得令而退。命赵升领一枝人马，埋伏营左，候中军炮响，杀出接应。又命孙焰红领一枝人马，埋伏营右，候中军炮响，杀出接应。又命太鸾与子邓秀在辕门赚住众将。又吩咐后营小姐邓婵玉领一枝人马，为三路救应使。邓九公吩咐停当，专候后日行事。左右将佐俱去安排。不表。

且说子牙送太鸾出府归，与惧留孙商议曰：『必须……如此如此，大事可成。』光阴迅速，不觉就是第三日。先一日，子牙命：『杨戬变化，暗随吾身。』杨戬得令。子牙命选精力壮卒五十名，装作抬礼脚夫；辛甲、辛免、太颠、闳夭，四贤、八俊等充作左右应接之人，俱各藏暗兵利刃。又命雷震子领一枝人马，抢他左哨，杀入中军接应。

再命南宫适领一枝人马，抢彼右哨，杀入中军接应。金吒、木吒、龙须虎统领大队人马，救应抢亲。子牙俱吩咐暗暗出营埋伏。不表。怎见得，有诗为证，诗曰：

汤营此日瑞筵开，专等鹰扬大将来。
孰意子牙筹画定，中军炮响抢乔才。

且说邓九公其日与女婵玉商议曰：『今日子牙送土行孙入赘，原是赚子牙出城，擒彼成功。吾与诸将分剖已定，你可将掩心甲紧束，以备抢将接应。』其女应允。邓九公升帐，吩咐铺毡搭彩，俟候子牙。不题。且说子牙其日使诸将装扮停当，乃命土行孙至前听令。子牙曰：『你同至汤营，看吾号炮一响，你便进后营抢邓小姐，要紧！』土行孙得令。子牙等至午时，命散宜生先行，子牙方出了城，望汤营进发。宜生先至辕门。太鸾接着，报于九公。九公降阶，至辕门迎接散大夫。宜生曰：『前蒙金诺，今姜丞相已亲自压礼，同令婿至此，故特令下官先来通报。』邓九公曰：『动烦大夫往返，尚容申谢。我等在此立等，如何？』宜生曰：『恐惊动元帅不便。』邓九公曰：『不妨。』彼此等候良久，邓九公远远望见子牙乘四不像，带领脚夫一行不上五六十人，并无甲胄兵刃。九公看罢，不觉暗喜。只见子牙同众人行至辕门。子牙见邓九公同太鸾、散宜生俱立候，子牙慌忙下骑。邓九公迎上前来，打躬曰：『丞相大驾降临，不才未得远接，望乞恕罪。』子牙忙答礼曰：『元帅盛德，姜尚久仰芳誉，无缘未得执鞭。今幸天缘，得罄委曲，姜尚不胜幸甚！』只见惧留孙同土行孙上前行礼。九公问子牙曰：『此位是谁？』子牙曰：『此是土行孙师父惧留孙也。』邓九公忙致款曲曰：『久仰仙名，未曾拜识；今幸降临，足慰夙昔。』惧留孙亦称谢毕。彼此逊让，进得辕门。子牙睁睛观看，只见肆筵设席，结彩悬花，极其华美。怎见得，有诗为证，诗曰：

结彩悬花气象新，麝兰香霭衬重茵。
展开孔雀千年瑞，色映芙蓉万谷春。
金鼓两旁藏杀气，笙箫一派郁荆榛。
孰知天意归周主，十万貔貅化鬼燐。

话说子牙正看筵席，猛见两边杀气上冲，子牙已知就里，便与土行孙众将丢个眼色，众人已解其意，俱衬上帐来。邓九公与子牙诸人行礼毕。子牙命左右：『抬上礼来。』邓九公方才接礼单看玩，只见辛甲暗将信香取出，忙将抬盒内大炮燃着。一声炮响，恍若地塌山崩。邓九公吃了一惊，及至看时，只见脚夫一拥而前，各取出暗藏兵器，杀上帐来。邓九公措手不及，只得望后就跑。太鸾与邓秀见势不谐，也往后逃走，只见四下伏兵尽起，喊声振天。土行孙绰了兵器，望后营来抢邓婵玉小姐。子牙与众人俱各抢上马骑，各执兵刃厮杀。那三百名刀斧手如何抵挡得住？及至邓九公等上得马出来迎战时，营已乱了。赵升闻炮，自左营杀来接应，孙焰红听得炮响，从右营杀来接应；俱被辛甲、辛免等分投截杀。邓婵玉方欲前来接应，又被土行孙敌住，彼此混战。不意雷震子、南宫适两枝人马从左右两边裹来。成汤人马反在居中，首尾受敌，如何抵得住；后面金吒、木吒等大队人马掩杀上来。邓九公见势不好，败阵而走；军卒自相践踏，死者不计其数。邓婵玉见父亲与众将败下阵走，也虚闪一刀，往正南上逃走。土行孙知婵玉善于发石伤人，遂用捆仙绳祭起，将婵玉捆了，跌下马来，被土行孙上前绰住，先擒进西岐城去了。子牙与众将追杀邓九公有五十余里，方鸣金收军进城。邓九公与子邓秀并太鸾、赵升等直至岐山下方才收集败残人马，查点军卒，见没了小姐，不觉伤感。指望擒拿子牙，孰知反中奸计，追悔无及。只得暂扎住营寨。不表。

且说子牙与惧留孙大获全胜，进城，升银安殿坐下。诸将报功毕。子牙对惧留孙曰：『命土行孙乘今日吉日良时，与邓小姐成亲，何如？』惧留孙曰：『贫道亦是此意。时不宜迟。』子牙命土行孙：『你将邓婵玉带至后房，乘今日好日子，成就你夫妇美事。明日我另有说话。』土行孙领命。子牙又命侍儿：『搀邓小姐到后面，安置新房内去，好生伏侍。』邓小姐娇羞无那，含泪不语，被左右侍儿挟持往后房去了。子牙命诸将吃贺喜酒席。不题。且说邓小姐搀至香房，土行孙上前迎接。婵玉一见土行孙笑容可掬，便自措身无地，泪雨如倾，默默不语。土行孙又百般安慰。婵玉不觉怒起，骂曰：『无知匹夫，卖主求荣！你是何等之人，敢妄自如此？』土行孙陪着笑脸答曰：『小姐虽千金之躯，不才亦非无名之辈，也不辱没了你。况小姐曾受我疗疾之恩，又是你尊翁泰山亲许与我，俟行刺武王回兵，将小姐入赘。人所共知。且前日散大夫先进营与尊翁面订，今日行聘入赘，丞相犹恐尊翁推托，故略施小计，成此姻缘。小姐何苦固执？』婵玉曰：『我父亲许散宜生之言，原是赚姜丞相之计，不意误中奸谋，落在彀中，有死而已。』土行孙曰：『小姐差矣！别的好做口头话，夫妻可是暂许得的？古人一言为定，岂可失信。况我等俱是阐教门

人，只因误听申公豹唆使，故投尊翁帐下以图报效。昨被吾师下山，擒进西岐，责吾暗进西城行刺武王、姜丞相，有辱阐教，背本忘师，逆天助恶，欲斩吾首，以正军法，吾哀告师尊，姜丞相定欲行刑，吾只得把初次擒哪吒、黄天化，尊翁泰山晚间饮酒将小姐许我，俟旋师命吾入赘，我只因欲就亲事之心急，不得已方暗进西岐。吾师与姜丞相听得斯言，掐指一算，乃曰：「此子该与邓小姐有红丝系足之缘，后来俱是周朝一殿之臣。」因此赦吾之罪，命散大夫作伐。小姐，你想：若非天缘，尊翁怎么肯？小姐焉能到此？况今纣王无道，天下叛离，累伐西岐，不过魔家四将、闻太师、十洲三岛仙皆自取灭亡，不能得志，天意可知，顺逆已见。又何况尊翁区区一旅之师哉！古云：「良禽相木而栖，贤臣择主而仕。」小姐今自固执，三军已知土行孙成亲。小姐纵冰清玉洁，谁人信哉。小姐请自三思！」邓婵玉被土行孙一席话说得低头不语。土行孙见小姐略有回心之意，又近前促之曰：『小姐自思，你是香闺艳质，天上奇葩；不才乃夹龙山门徒，相隔不啻天渊。今日何得与小姐觌体相亲，情同凤觏？』便欲上前，强牵其衣。小姐见此光景，不觉粉面通红，以手拒之曰：『事虽如此，岂得用强！候我明日请命与父亲，再成亲不迟。』土行孙此时情兴已迫，按纳不住，上前一把搂定；小姐抵死拒住。土行孙曰：『良时吉日，何必苦推，有误佳期。』竟将一手去解其衣。小姐双手推托，彼此扭作一堆。小姐终是女流，如何敌得土行孙过。不一时，满面流汗，喘吁气急，手已酸软。土行孙乘隙将右手插入里衣。婵玉及至以手挡抵，不觉其带已断。及将双手揝住里衣，其力愈怯。土行孙得空，以手一抱，暖玉温香已贴满胸怀。檀口香腮，轻轻紧揾。小姐娇羞无主，将脸左右闪赚不得，流泪满面曰：『如是恃强，定死不从！』土行孙哪里肯放，死死压住。彼此推扭，又有一个时辰。土行孙见小姐终是不肯顺从，乃给之曰：『小姐既是如此，我也不敢用强，只恐小姐明日见了尊翁变卦，无以为信耳。』小姐忙曰：『我此身已属将军，安有变卦之理。只将军肯怜我，容见过父亲，庶成我之节；若我是有负初心，定不逢好死。』土行孙曰：『既然如此，贤妻请起。』土行孙将一手搂抱其颈，轻轻扶起。邓婵玉以为真心放他起来，不曾提防，将身起时，便用一手推开土行孙之手。土行孙乘机将双手插入小姐腰里，抱紧了一拎，腰已松了，里衣径往下一卸。邓婵玉被土行孙所算，及落手相持时，已被双肩隔住手，如何下得来！小姐展挣不住，不得已言曰：『将军薄幸！既是夫妻，如何哄我？』土行孙曰：『若不如此，贤妻又要千推万阻。』小姐惟闭目不言，娇羞满面，任土行孙解带脱衣。二人扶入锦被，婵玉对土行孙曰：『贱妾系香闺幼稚，不识云雨，乞将军怜护。』土行孙曰：『小姐娇香艳质，不才钦德久矣，安敢狂逞。』正是：翡翠衾中，初试海棠新血；鸳鸯枕上，漫飘桂蕊奇香。彼此温存，交相慕恋，极人间之乐，无过此时矣。后人有诗单道子牙妙计，成就二人美满前程。诗曰：

妙算神机说子牙，运筹帏幄更无差。
百年好事今朝合，莫把红丝孟浪夸。

话说土行孙与邓婵玉成就夫妻。一夜晚景已过。次日，夫妻二人起来，梳洗已毕。土行孙曰：『我二人可至前殿，叩谢姜丞相与我师尊抚育成就之恩。』婵玉曰：『此事固当要谢，但我父亲昨日不知败于何地，岂有父子事两

邓小姐娇羞无那，含泪不语，被左右侍儿扶持往后房去了。

国之理！乞将军以此意道达于姜丞相得知，作何区处，方何两全。』土行孙曰：『贤妻之言是也。伺上殿时，就讲此事。』话犹未了，只见子牙升殿，众将上殿参谒毕。土行孙与邓婵玉夫妻二人上前叩谢。子牙曰：『邓婵玉今属周臣，尔父尚抗拒不服。我欲发兵前去擒剿，但你系他骨肉至亲，当如何区处？』土行孙前曰：『婵玉适才正为此事与弟子商议。恳求师叔开恻隐之心，设一计策，两全之美。此师叔莫大之恩也。』子牙曰：『此事也不难。若婵玉果有真心为国，只消得亲自去说他父亲归周，有何难处。但不知婵玉可肯去否？』邓婵玉上前跪而言曰：『丞相在上：贱妾既已归周，岂敢又蓄两意。早晨婵玉已欲自往说父亲降周，惟恐丞相不肯信妾真情，致生疑虑。若丞相肯命妾说父归降，自不劳张弓设箭，妾父自为周臣耳。』子牙曰：『我断不疑小姐反复。只恐汝父不肯归周，又生事端耳。今小姐既欲亲往，吾拨军校随去。』婵玉拜谢子牙，领兵卒出城，望岐山前来。不表。

且说邓九公收集残兵，驻扎一夜。至次日升帐，其子邓秀、太鸾、

赵升、孙焰红侍立。九公曰：『吾自行兵以来，未尝遭此大辱。今又失吾爱女，不知死生，正是羊触藩篱，进退两难，奈何，奈何！』太鸾曰：『元帅可差官赍表进朝告急，一面探听小姐下落。』正迟疑间，左右报曰：『小姐领一枝人马，打西周旗号，至辕门等令。』太鸾等惊愕不定。邓九公曰：『令来。』左右开了辕门，婵玉下马，进辕门来，至中军，双膝跪下。邓九公看见如此行径，慌立起问曰：『我儿这是如何说？』婵玉不觉流泪言曰：『孩儿不敢说。』邓九公曰：『你有甚么冤屈？站起来说无妨。』婵玉曰：『孩儿系深闺幼女，此事俱是父亲失言，弄巧成拙。父亲平空将我许了土行孙，勾引姜子牙做出这番事来，将我擒入西岐，强逼为婚。如今追悔何及！』邓九公听得此言，唬得魂飞天外，半晌无言。婵玉又进言曰：『孩儿今已失身为土行孙妻子，欲保全爹爹一身之祸，不得不来说明。今纣王无道，天下分崩。三分天下，有二归周。其天意人心，不卜可知。纵有闻太师、魔家四将与十洲三岛真仙，俱皆灭亡。顺逆之道明甚。今孩儿不孝，归顺西岐，不得不以利害与父亲言之。父亲今以爱女轻许敌国，姜子牙亲进汤营行礼，父亲虽是赚辞，谁肯信之！父亲况且失师辱国，归商自有显戮。孩儿乃奉父命归适良人，自非私奔桑濮之地，父亲亦无罪孩儿之处。父亲若肯依孩儿之见，归顺西周，改邪归正，择主而仕，不但骨肉可以保全，实是弃暗投明，从顺弃逆，天下无不忻悦。』九公被女儿一番言语说得大是有理，自己沉思：『欲奋勇行师，众寡莫敌；欲收军还国，事属嫌疑……』沉吟半晌，对婵玉曰：『我儿，你是我爱女，我怎的舍得你！只是天意如此。但我羞入西岐，屈膝与子牙耳。如之奈何。』婵玉曰：『这有何难！姜丞相虚心下士，并无骄矜。父亲果真降周，孩儿愿先去说

明，令子牙迎接。』九公见婵玉如此说，命婵玉先行，邓九公领众军归顺西岐。不题。且说邓婵玉先至西岐城，入相府，对子牙将上项事诉说一遍。子牙大喜。命左右：『排队伍出城，迎接邓元帅。』左右闻命，俱披执迎接里余之地，已见邓九公军卒来至。子牙曰：『元帅请了！』九公连在马上欠背躬身曰：『末将才疏智浅，致蒙谴责，理之当然。今已纳降，望丞相恕罪。』子牙忙勒骑向前，携九公手，并辔而言曰：『今将军既知顺逆，弃暗投明，俱是一殿之臣，何得又分彼此。况令爱又归吾门下师侄，吾又何敢赚将军哉。』九公不胜感激。二人叙至相府下马，进银安殿，重整筵席，同诸将饮庆贺酒一宿。不题。次日，见武王，朝贺毕。

且不言邓九公归周，只见探马报入汜水关，韩荣听得邓九公纳降，将女私配敌国，韩荣飞报至朝歌。有上大夫张谦看本，见此报大惊，忙进内，打听皇上在摘星楼，只得上楼启奏。左右见上大夫进疏，慌忙奏曰：『启陛下：今有上大夫张谦候旨。』纣王听说，命：『宣上楼来。』张谦闻命上楼，至滴水檐前拜毕。纣王曰：『朕无旨宣卿，卿有何奏章？就此批宣。』张谦俯伏奏曰：『今有汜水关韩荣进有奏章，臣不敢隐匿，虽触龙怒，臣就死无辞。』纣王听说，命当驾官：『即将韩荣本拿来朕看。』张谦忙将韩荣本展于纣王龙案之上。纣王看未完，不觉大怒曰：『邓九公受朕大恩，今一旦归降叛贼，情殊可恨！待朕升殿，与臣共议，定拿此一班叛臣，明正伊罪，方泄朕恨！』张谦只得退下楼来，候天子临轩。只见九间殿上，钟鼓齐鸣。众官闻知，忙至朝房伺候。须臾，孔雀屏开，纣王驾临，登宝座传旨：『命众卿面议。』众文武齐至御前，俯伏候旨。纣王曰：『今邓九公奉诏征西，不但不能伐叛奏捷，反将己女

私婚敌国，归降逆贼，罪在不赦；除擒拿逆臣家属外，必将逆臣拿获，以正国法。卿等有何良策，以彰国之常刑？』纣王言未毕，有中谏大夫飞廉出班奏曰：『臣观西岐抗礼拒敌，罪在不赦。然征伐大将，得胜者或有捷报御前，失利者惧罪即归伏西土，何日能奏捷音也。依臣愚见，必用至亲骨肉之臣征伐，庶无二者之虞；且与国同为休戚，自无不奏捷者。』纣王曰：『君臣父子，总系至戚，又何分彼此哉？』飞廉奏曰：『臣保一人，征伐西岐，姜尚可擒，大功可奏。』纣王曰：『卿保何人？』飞廉奏曰：『要克西岐，非冀州侯苏护不可。一为陛下国戚；二为诸侯之长，凡事无有不用力者。』纣王闻言大悦：『卿言甚善。』即令军政官：『速发黄旄、白钺。』使命赍诏前往冀州。不知胜负如何，且听下回分解。

第五十七回　冀州侯苏护伐西岐

诗曰：

苏侯有意欲归周，纣主江山似浪浮。
红日已随山后卸，落花空逐水东流。
人情久欲投明圣，世局翻为急浪舟。
贵戚亲臣皆已散，独夫犹自卧红楼。

话说天使离了朝歌，前往冀州，一路无词，翌日来到冀州馆驿安下。次日，报至苏侯府内。苏侯即至馆驿接旨。焚香拜毕，展诏开读，诏曰：

朕闻征讨之命，皆出于天子；阃外之寄，实出于元戎。建立功勋，威镇海内，皆臣子分内事也。兹西岐姬发肆行不道，抗拒王师，情殊可恨。特敕尔冀州侯苏护，总督六师，前往征伐；必擒获渠魁，殄灭祸乱。俟旋师奏捷，朕不惜茅土以待有功。尔其勖哉！特诏。

话说苏侯开读旨意毕，心中大喜，管待天使，赍送程费，打发天使起程。苏侯暗谢天地曰：『今日吾方得洗一身之冤，以谢天下。』忙令后厅治酒，与子全忠、夫人杨氏共饮。曰：『我不幸生女妲己，进上朝歌。谁想这贱人尽违父母之训，无端作孽，迷惑纣王，无所不为，使天下诸侯衔恨于我。今武王仁德播于天下，三分有二尽归于西周。

不意昏君反命吾征伐。吾得遂生平之愿。我明日意欲将满门良眷带在行营，至西岐归降周王，共享太平；然后会合诸侯，共伐无道，使我苏护不得遗笑于诸侯，受讥于后世，亦不失丈夫之所为耳。』夫人大喜：『将军之言甚善，正是我母子之心。』且说次日殿上鼓响，众将军参见。苏护曰：『天子敕下，命吾西征。众将整备起行。』众将得令，整点十万人马，即日祭宝纛旗，收拾起兵。同先行官赵丙、孙子羽、陈光、五军救应使郑伦，即日离了冀州，军威甚是雄伟。怎见得，有赞为证，赞曰：

杀气征云起，金锣鼓又鸣。幡幢遮瑞日，剑戟鬼神惊。平空生雾彩，遍地长愁云。闪翻银叶甲，拨转皂雕弓。人似离山虎，马如出水龙。头盔生灿烂，铠甲砌龙鳞。离了冀州界，西土去安营。

苏侯行兵，非止一日。有探马报入中军：『前是西岐城下。』苏侯传令：『安营结寨。』升帐坐下。众将参谒，立起帅旗。

且说子牙在相府，收四万诸侯本，请武王伐纣。忽报马入府：『启老爷：冀州侯苏护来伐西岐。』子牙问黄飞虎曰：『久闻此人善能用兵，黄将军必知其人，请言其概。』黄飞虎曰：『苏护秉性刚直，不似谄媚无骨之夫；名为国戚，与纣王有隙，一向要归周，时常有书至末将处。此人若来，必定归周，再无疑惑。』子牙闻言大悦。且说苏侯三日未来请战。黄飞虎上殿见子牙，曰：『苏侯按兵不动，待末将探他一阵，便知端的。』子牙许之。飞虎领令，上了五色神牛，出得城来，一声炮响，立于辕门，大呼曰：『请苏侯答话！』探马报入中军。苏侯令先行官见阵。赵丙领令，上马提方天戟，径出辕门，认的是武成王黄飞虎。赵丙曰：『黄飞虎，你身为国戚，不思报本，无故造反，致起祸端，使生民涂炭，屡年征讨不息。今奉旨特来擒你，尚不下马受缚，犹自支吾！』摇戟刺来。黄飞虎将枪架住，对赵丙曰：『你好好回去，请你主将出来答话，吾自有道理。你何必自逞其强也！』赵丙大怒：『既奉命来擒你报功，岂得犹以语言支吾！』又一戟刺将来。黄飞虎大怒：『好大胆匹夫！焉敢连刺吾两戟！』催开神牛，手中枪赴面交还。牛马相交，枪戟并举。怎见得：

二将阵前势无比，拨开牛马定生死。这一个钢枪摇动鬼神愁，那一个画戟展开分彼此。一来一往势无休，你生我活谁能已。从来恶战不寻常，搅海翻江无底止。

话说黄飞虎大战赵丙，二十回合，被飞虎生擒活捉，拿解相府，来见子牙。报入府中。子牙令飞虎进见：『将军出阵，胜负若何？』飞虎曰：『生擒赵丙，听令定夺。』子牙命：『推来。』士卒将赵丙拥至殿前，赵丙立而不跪。子牙曰：『既已被擒，尚何得抗礼？』赵丙曰：『奉命征讨，指望成功，不幸被擒，唯死而已，何必多言！』子牙传令：『暂且囚于禁中。』

且说苏侯闻报，赵丙被擒，低首不语。只见郑伦在旁曰：『君侯在上：黄飞虎自恃强暴，待明日拿来，解往朝歌，免致生灵涂炭。』次日，郑伦上了火眼金睛兽，提了降魔杵，往城下请战。左右报入相府。子牙令：『黄将军出阵走一遭。』飞虎领令出城，见一员战将，面如紫枣，十分枭恶；骑着火眼金眼兽。怎见得，有诗为证。诗曰：

道术精奇别样妆，降魔宝杵世无双。
忠肝义胆堪称诵，无奈昏君酒色荒。

话说飞虎大呼曰：『来者何人？』郑伦曰：『吾乃苏侯麾下郑伦是也。黄飞虎，你这叛贼！为你屡年征伐，百姓遭殃。今天兵到日，尚不免戈伏诛，意欲何为？』飞虎曰：『郑伦，你且回去，请你主将出来，吾自有说话。你若是不知机变，如赵丙自投陷身之祸！』郑伦大怒，抡杵就打。黄飞虎手中枪急架相还。二兽相交，枪杵并举，两家大战三十回合。郑伦把杵一摆，他有三千乌鸦兵走动，行如长蛇之势。郑伦窍中两道白光往鼻子里出来，『哼』的一声响，黄将军正是：

见白光三魂即散，听声响撞下鞍鞒。

乌鸦兵用挠钩搭住，一蹈上前拿翻，剥了衣甲，绳缠索绑。飞虎上了绳子，二目方睁。飞虎点首曰：『今日之擒，如同做梦一般，真是心中不服！』郑伦掌得胜鼓回营，来见苏侯，入帐报功：『今日生擒反叛黄飞虎至辕门，请令发落。』苏侯令：『推来。』小校将飞虎推至帐前。飞虎曰：『今被邪术受擒，愿请一死，以报国恩。』苏侯曰：『本当斩首，且监候，留解朝歌，请天子定罪。』左右将黄飞虎送下后营。

且说报马报入相府，言黄飞虎被擒。子牙大惊曰：『如何擒去？』掠阵官启曰：『苏侯麾下有一郑伦，与武成王正战之间，只见他鼻子里放出一道白光，黄将军便坠骑被他拿去。』子牙心下十分不乐：『又是左道之术！』只见黄

天化在旁，听见父亲被擒，恨不得平吞了郑伦。当日晚间不题。次日，天化上帐，请令出阵，以探父亲消息。子牙许之。天化领令，上了玉麒麟，出城请战。探马报入营中：『有将请战。』苏侯曰：『谁去见阵走一遭？』郑伦答曰：『愿往。』上了金睛兽，炮声响处，来至阵前。黄天化曰：『尔乃是郑伦？擒武成王者是你？不要走，吃吾一锤！』一似流星闪灼光辉，呼呼风响。郑伦忙将杵劈面相还。二将交兵，未及十合。郑伦见天化腰束着丝绦，是个道家之士，『若不先下手，恐反遭其害。』把杵望空中一摆，乌鸦兵齐至，如长蛇一般。郑伦鼻窍中一道白光吐出，如钟鸣一样。天化看见白光出窍，耳听其声，坐不住玉麒麟，翻身落骑。乌鸦兵依旧把天化绑缚起来。急自睁开眼，不知其身已受绑缚。郑伦又擒黄天化进营来见。郑伦曰：『末将擒黄天化已至辕门等令。』苏侯令：『推至中军。』见天化眼光暴露，威风凛凛，一表非俗，立而不跪。苏侯也命监在后营。黄天化入后营，看见父亲监禁在此，大呼曰：『爹爹！我父子遭妖术成擒，心中甚是不服！』飞虎曰：『虽是如此，当思报国。』按下黄家父子，且说探马报入相府：『黄飞化又被擒去。』子牙大惊：『黄将军说苏侯有意归周，不料擒他父子！』子牙心中纳闷。且说郑伦捉了二将，军威甚盛。次日又来请战。探马报入相府。子牙急令：『何人走遭？』言未毕，土行孙答曰：『弟子归周，寸功未立，愿去走一遭，探其虚实，何如？』子牙许之。土行孙方领令出府；旁有邓婵玉上前告曰：『末将父子蒙恩，当得掠阵。』子牙并许之。郑伦听得城内炮响，见两扇门开，旗幡磨动，见一女将飞来。怎见得，有诗为证，诗曰：

此女生来锦织成，腰肢一搦体轻盈。

西岐山下归明主，留得芳名照汗青。

话说郑伦见城内女将飞马而来，不曾看见土行孙出来。——土行孙生得矮小，郑伦只看了前面，未曾照看面前。——土行孙大呼曰：『那匹夫！你看哪里？』郑伦往下一看，见是个矮子。郑伦笑曰：『你那矮子，来此做甚么？』土行孙曰：『吾奉姜丞相将令，特来擒尔！』郑伦复大笑曰：『看你这厮，形似婴孩，乳毛未退，敢出大言，自来送死！』土行孙听见骂他甚是卑微，大叫：『好匹夫！焉敢辱我！』使开铁棍，一滚而来，就打金睛兽的蹄子。郑伦急用杵来迎架，只是捞不着。大抵郑伦坐的高，土行孙身子矮小，故此往下打费力。几个回合，把郑伦挣了一身汗，反不好用力，心里焦躁起来，把杵一晃，那乌鸦兵飞走而来。土行孙不知哪里帐，郑伦把鼻子里白光喷出，喑然有声。土行孙眼看耳听，魂魄尽散，一跤跌在地上。乌鸦兵把土行孙拿下，绑将起来。土行孙睁开眼，见浑身上了绳子，道声：『噫！倒有趣！』土行孙绑着，看着邓婵玉走马大呼曰：『匹夫不必逞凶擒将！』把刀飞来直取。郑伦手中杵劈面打来。婵玉未及数合，拨马就走。郑伦不赶。佳人挂下刀，取五光石，侧坐鞍鞒，回手一石。正是：

从来暗器最伤人，自古妇人为更毒。

郑伦『哎呀！』的一声，面上着伤，败回营中来见苏侯。苏侯曰：『郑伦，你失机了？』郑伦答曰：『拿了一个矮子，才待回营；不意有一员女将来战，未及数合，回马就走，末将不曾赶他，他便回手一石，急自躲时，面上已着了伤。如今那个矮子拿在辕门听令。』苏侯传令：『推将进来。』众将卒将土行孙簇拥推至帐下。苏侯曰：『这

样将官，拿他何用！推出去斩了！』土行孙曰：『且不要斩，我回去说个信来。』苏侯笑曰：『这是个呆子！推出斩了！』土行孙曰：『你不肯，我就跑了。』众人大笑。正是：

仙家秘授真奇妙，迎风一幌影无踪。

众人一见大惊，忙至帐前来，禀启元帅：『方才将矮子推出辕门，他把身子一扭就不见了。』苏侯叹曰：『西岐异人甚多，无怪屡次征伐，俱是片甲不回，无能取胜。』嗟叹不已。郑伦在旁只是切齿，自己用丹药敷贴，欲报一石之恨。次日，郑伦又来请战，坐名要女将。邓婵玉就要出马。子牙曰：『不可。他此来必有深意。』哪吒应曰：『弟子愿往。』子牙许之。哪吒上了风火轮，出城大呼曰：『来者可是郑伦？』郑伦答曰：『然也。』哪吒不答话，登轮就杀。郑伦急用杵相还。轮兽交兵。怎见得，有赞为证，赞曰：

哪吒怒发气吞牛；郑伦恶性展双眸。火尖枪摆喷云雾；宝杵施开转捷稠。这一个倾心辅佐周王驾；那一个有意能分纣主忧。二将大战西岐地，海沸江翻神鬼愁。

话说郑伦大战哪吒，恐哪吒先下手，把杵一摆，乌雅兵如长蛇阵一般，都拿着挠钩套索前来等着。哪吒看见，心下着忙。只见郑伦对着哪吒一声『哼！』哪吒无魂魄，怎能跌得下轮来。郑伦见用此术不能响应，大惊曰：『吾师秘授，随时响应，今日如何不验？』又将白光吐出鼻子窍中。哪吒见头一次不验，第二次就不理他。郑伦着忙，连哼第三次。哪吒笑曰：『你这匹夫害的是甚么病？只管哼！』郑伦大怒，把杵劈头乱打。又战三十回合，哪吒把乾坤圈

忙令后厅治酒，与子全忠、夫人杨氏共饮。

祭在空中，一圈打将下来。郑伦难逃此厄，正中其背；只打得筋断骨折，几乎坠骑，败回行营。哪吒得胜，回来见子牙，将『郑伦……如此如此被乾坤圈打伤，败回去……』说了一遍。子牙大喜，上了哪吒功。不表。

且说苏侯在中军，闻郑伦失机来见。苏侯见郑伦着伤，站立不住，其实难当。苏侯借此要说郑伦，乃慰之曰：『郑伦，观此天命有在，何必强为！前闻天下诸侯归周，俱欲共伐无道，只闻太师屡欲扭转天心，故此俱遭屠戮，实生民之难。我今奉敕征讨，你得功莫非暂时侥幸耳。吾见你着此重伤，心下甚是不忍。我与你名为主副之将，实有手足之情。今见天下纷纷，刀兵未息，此乃国家不祥，人心、天命可知。昔尧帝之子丹朱不肖，尧崩，天下不归丹朱而归于舜。舜之子商均亦不肖，舜崩，天下不归商均而归于禹。方今世乱如麻，真假可见，从来天运循环，无往不复。今主上失德，暴虐乱常，天下分崩，黯然气象，莫非天意也。我观你遭此重伤，是上天警醒你我耳。我思：「顺天者昌，逆天

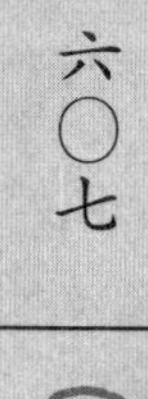

者亡。』不若归周，共享安康，以伐无道。此正天心人意，不卜可知。你意下如何？』郑伦闻言，正色大呼曰：『君侯此言差矣！天下诸侯归周，君侯不比诸侯，乃是国戚；国亡与亡，国存与存。今君侯受纣王莫大之恩，娘娘享宫闱之宠，今一旦负国，为之不义。今国事艰难，不思报效，而欲归反叛，为之不仁。郑伦窃为君侯不取也！若为国捐生，舍身报主，不惜血肉之躯以死自誓，乃郑伦忠君之愿，其他非所知也。』苏护曰：『将军之言虽是，古云：「良禽择木而栖，贤臣择主而事。」古人有行之不损令名者，伊尹是也。黄飞虎官居王位，今主上失德，有乖天意，人心思乱，故舍纣而归周。邓九公见武王、子牙以德行仁，知其必昌，纣王无道，知其必亡，亦舍纣而从周。所以人要见机，顺时行事，不失为智。你不可执迷，恐后悔无及。』郑伦曰：『君侯既有归周之心，我决然不顺从于反贼。待我早间死后，君侯早上归周；我午后死，君侯午后归周。我忠心不改，此颈可断，心不可污！』转身回帐，调养伤痕。不题。

且说苏侯退帐，沉思良久，命苏全忠后帐治酒。一鼓时分，命全忠往后营，把黄飞虎父子放了，请到帐前。苏护下拜请罪，言曰：『末将有意归周久矣。』黄飞虎忙答拜曰：『今蒙盛德，感赐再生。前闻君侯意欲归周，使我心怀渴望，喜如雀跃，故末将才至营前，欲会君侯，问其虚实耳。不期被郑伦所擒，有辱君命。今蒙开其生路，有何吩咐，愚父子惟命是从。』苏护曰：『不才久欲归周，不能得便。今奉敕西征，实欲乘机归顺。怎奈偏将郑伦坚执不允。我将言语开说上古顺逆有归之语，他只是不从。今特设此酒，请大王、公子少叙心曲，以赎不才冒渎之罪。』飞虎曰：『君侯既肯归顺，宜当速行。虽然郑伦执拗，只可用计除之。大丈夫先立功业，共扶明主，垂名竹帛，岂得区区效匹夫匹妇之小忠小谅哉！』酒至三更，苏护起身言曰：『大王、贤公子，出后粮门，回见姜丞相，把不才心事呈与丞相，以知吾之心腹也。』遂送黄飞虎父子回城。飞虎至城下叫门，城上听得是武成王，不敢夤夜开门，来报子牙。子牙听得是三更天气，报：『黄飞虎回来。』忙传令：『开城门。』少时，飞虎至相府，来见子牙。子牙曰：『黄将军被奸恶所获，为何夤夜而归？』黄飞虎把苏护心欲归周所以，一一说了一遍，『……只是郑伦把持，不得遂其初心。再等一两日，他自有处治。』不表飞虎回城，且说苏侯父子不得归周，作何商议。苏全忠曰：『不若乘郑伦身着重伤，修书一封，打入城中，知会子牙前来劫营，将郑伦生擒进城，看他归顺不归顺，任姜丞相处治。孩儿与爹爹早得归周，恐后致生疑惑。』苏护曰：『此计虽好，只是郑伦也是个好人，必须周全得他方好。』全忠曰：『只是不好伤他性命便了。』苏护大喜：『明日准行。』父子计较停当，来日行事。有诗为证，诗曰：

苏护有意欲归周，怎奈门官不肯投。
只是子牙该有厄，西岐传染病无休。

话说郑伦被哪吒打伤肩背，虽有丹药，只是不好，一夜声唤，睡卧不宁，又思：『主将心意归周，恨不能即报国恩，以遂其忠悃。其如凡事不能就绪，如之奈何！』且说苏护次日升帐，打点行计，忽听得把辕门旗官报入中军：『有一道人，三只眼，穿大红袍，要见老爷。』苏护不是道家出身，不知道门尊大，便叫：『令来。』左右出辕门，

报与道人。道人听得叫『令来』，不曾说个『请』字，心下郁郁不乐，欲待不进营去，恐辜负了申公豹之命。道人自思：『且进营去，看他何如。』只得忍气吞声进营，来至中军。苏侯见道人来，不知何事。道人见苏侯曰：『贫道稽首了！』苏侯亦还礼毕，问曰：『道者今到此间，有何见谕？』道者曰：『贫道特来相助老将军，共破西岐，擒反贼，以解天子。』苏侯曰：『道者住居哪里？从何处而来？』道人答曰：『吾从海岛而来。有诗为证，诗曰：

弱水行来不用船，周游天下妙无端。

阳神出窍人难见，水虎牵来事更玄。

九龙岛内经修炼，截教门中我最先。

若问衲子名何姓？吕岳声名四海传。』

话说道人作罢诗，对苏护曰：『衲子乃九龙岛声名山炼气士是也，姓吕，名岳，乃申公豹请我来助老将军。将军何必见疑乎？』苏侯欠身请坐。吕道人也不谦让，就上坐了。只听得郑伦声唤曰：『痛杀吾也！』吕道人问：『是何人叫苦？』苏侯暗想：『把郑伦扶出来，唬他一唬。』苏侯答曰：『是五军大将郑伦，被西岐将官打伤了，故此叫苦。』吕道人曰：『且扶他出来，待吾看看何如？』左右把郑伦扶将出来。吕道人一看，笑曰：『此是乾坤圈打的，不妨，待吾救你。』豹皮囊中取出一个葫芦，倒出一粒丹药，用水研开，敷于上面，如甘露沁心一般，即时全愈。郑伦今得重伤全愈，正是：

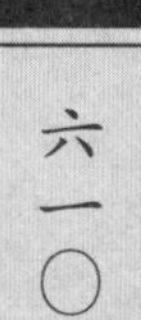

猛虎又生双胁翅，蛟龙依旧海中来。

郑伦伤痕全愈，遂拜吕岳为师。吕道人曰：『你既拜吾为师，助你成功便了。』帐中静坐，不语三日。苏侯叹曰：『正要行计，又被道人所阻，深为可恨！』且说郑伦见吕岳不出去见阵，上帐启曰：『老师既为成汤，弟子听候老师法旨，可见阵会会姜子牙。』吕岳曰：『吾有四位门人未曾来至，但他们一来，管取你克了西岐，助你成功。』又过数日，来了四位道人，至辕门，问左右曰：『里边可有一吕道长么？烦为通报：有四门人来见。』军政官报入中军：『启老爷：有四位道人要见老爷』吕岳曰：『是吾门人来也。』着郑伦出辕门来请。郑伦至辕门，见四道者脸分青、黄、赤、黑，或挽抓髻，或戴道巾，或似陀头，穿青、红、黄、皂，身俱长一丈六七尺，行如虎狼，眼露睛光，甚是凶恶。郑伦欠背躬身曰：『老师有请。』四位道人也不谦让，径至帐前，见吕道人行礼毕，口称：『老师。』两边站立。吕岳问曰：『为何来迟？』内有一穿青者答曰：『因攻伐之物未曾制完，故此来迟。』吕岳谓四门人曰：『这郑伦乃新拜吾为师的，亦是你等兄弟。』郑伦从新又与四人见礼毕。郑伦欠身请问曰：『四位师兄高姓大名？』吕岳用手指着一位曰：『此位姓周，名信；此位姓李，名奇；此位姓朱，名天麟；此位姓杨，名文辉。』郑伦也通了名姓，遂治酒管待，饮至二鼓方散。次日，苏侯升帐，又见来了四位道者，心下十分不悦，懊恼在心。吕岳曰：『今日你四人谁往西岐走一遭？』内有一道者曰：『弟子愿往。』吕岳许之。那道人抖擞精神，自恃胸中道术，出营步行，来会西岐。不知凶吉如何，且听下回分解。

第五十八回　子牙西岐逢吕岳

诗曰：

疫痢瘟癀几遍灾，子牙端是有奇才，
匡扶社稷开基域，保护黔黎脱祸胎。
劫运方来神鬼哭，兵戈时至士民哀。
何年得遂清平日，祥霭氤氲万岁台。

话说周信提剑来城下请战。报入相府：『有一道人请战。』子牙闻知连日未曾会战，『今日竟有道人，此来毕竟又是异人。』便问：『谁去走一遭？』有金吒欠身而言曰：『弟子愿往。』子牙许之。金吒出城，偶见一个道者，生的十分凶恶。怎见得，有诗为证：

发似朱砂脸带绿，獠牙上下金精目。
道袍青色势狰狞，足下麻鞋云雾簇。
手提宝剑电光生，胸藏妙诀神鬼哭。
行瘟使者降西岐，正是东方甲乙木。

话说金吒问曰：『道者何人？』周信答曰：『吾乃九龙岛炼气士周信是也。闻尔等仗昆仑之术，灭吾截教，情

殊可恨！今日下山，定然与你等见一高下，以定雌雄。』绰步执剑来取。金吒用剑急架相还。未及数合，周信抽身便走。金吒随即赶来。周信揭开袍服，取出一磬，转身对金吒连敲三四下。金吒把头摇了两摇，即时面如金纸，走回相府声唤，只叫：『头疼杀我！』子牙问其详细，金吒把赶周信事说了一遍，子牙不语。金吒在相府，昼夜叫苦。且说次日，又报进相府：『又有一道人请战。』子牙问左右：『谁去见阵走一遭？』旁有木吒曰：『弟子愿往。』木吒出城，见一道人，挽双抓髻，穿淡黄服，面如满月，三柳长髯。怎见得，有诗为证，诗曰：

面如满月眼如珠，淡黄袍服绣花禽。
丝绦上下飘瑞彩，腹内玄机海样深。
五行道术般般会，洒豆成兵件件精。
兑地行瘟号使者，正属西方庚辛金。

话说木吒大喝曰：『你是何人，敢将左道邪术困吾兄长，使他头疼？想就是你了！』李奇曰：『非也。那是吾道兄周信。吾乃吕祖门人李奇是也。』木吒大怒：『都是一班左道邪党！』轻移大步，执剑当空来取李奇。李奇手中剑劈面交还。二人步战之间，剑分上下，要赌雌雄：一个是肉身成圣的木吒，施威仗勇；一个是瘟部内有名的恶煞，展开凶光。往来未及五七回合，李奇便走。木吒随后赶来。二人步行，赶不上一射之地，李奇取出一幡，拿在手中，对木吒连摇数摇。木吒打了一个寒噤，不去追赶。李奇也全然不理，径进大营去了。且说木吒一会儿面如白纸，浑身上如火燎，心中似油煎，解开袍服，赤身来见子牙，只叫：『不好了！』子牙大惊，急问：『怎的这等回来？』木吒跌倒在地，口喷白沫，身似炭火。子牙命扶往后房。子牙问掠阵官：『木吒如何这样回来？』掠阵官把木吒追赶，摇幡之事说了一遍。子牙不知其故，『此又是左道之术！』心中甚是纳闷。

且说李奇进营，回见吕岳。道人问曰：『今日会何人？』李奇曰：『今日会木吒，弟子用法幡一展，无不响应，因此得胜，回见尊师。』吕岳大悦，心中乐甚，乃作一歌，歌曰：

不负玄门诀，工夫修炼来。炉中分好歹，火内辨三才。

阴阳定左右，符印最奇哉。仙人逢此术，难免杀身灾。

吕岳作罢歌，郑伦在旁，口称：『老师，二日成功，未见擒人捉将。方才闻老师作歌最奇，甚是欢乐，其中必有妙用，请示其详。』吕岳曰：『你不知吾门人所用之物俱有玄功，只略展动了，他自然绝命，何劳持刀用剑杀他。』郑伦听说，赞叹不已。次日，吕岳令朱天麟：『今日你去走一遭，也是你下山一场。』朱天麟领法旨，提剑至城下，大呼曰：『着西岐能者会吾！』有探事的报入相府。子牙双眉不展，问左右曰：『谁去走一遭？』旁有雷震子曰：『弟子愿去。』子牙许之。雷震子出城，见一道人生的凶恶。怎见得，有诗为证，诗曰：

巾上斜飘百合缨，面如紫枣眼如铃。

身穿红服如喷火，足下麻鞋似水晶。

丝绦结就阴阳扣，宝剑挥开神鬼惊。
行瘟部内居离位，正按南方火丙丁。

话说雷震子大呼曰：『来的妖人，仗何邪术，敢困吾二位道兄也！』朱天麟笑曰：『你自恃狰狞古怪，发此大言，谁来怕你。谅你也不知我是谁，吾乃九龙岛朱天麟的便是。你通名来，也是我会你一番。』雷震子笑曰：『谅尔不过一草芥之夫，焉能有甚道术。』雷震子把风雷翅分开，飞起空中，使起黄金棍，劈头就打。朱天麟手中剑急架相还。二人相交未及数合，大抵雷震子在空中使开黄金棍，往下打将来，朱天麟如何招架得住，只得就走。雷震子方才要赶，朱天麟将剑往雷震子一指，雷震子在空中驾不住风雷二翅，响一声落将下来，便往西岐城内跳将进来，走至相府。子牙一见走来之势不好，子牙出席，急问雷震子曰：『你为何如此？』雷震子不言，只是把头摇，一跤跌倒在地。子牙仔细定睛，看不出他蹊跷原故，心中十分不乐，命抬进后厅调息。子牙纳闷。且说朱天麟回见吕岳，言如法治雷震子，无不应声而倒。吕道人大悦。次日，又着杨文辉来城下请战。左右报入相府：『今日又是一位道人搦战。』子牙闻报，心下踌蹰：『一日换一个道者，莫非又是十绝阵之故事？』子牙心中疑惑。只见龙须虎要去见阵。子牙许之。须虎出城，见一道人面如紫草，发似钢针，头戴鱼尾金冠，身穿皂服，飞步而来。怎见得，有诗为证，诗曰：

顶上金冠排鱼尾，面如紫草眼光炜。

且说李奇进营，回见吕岳。道人问曰：『今日会何人？』

丝绦彩结扣连环，宝剑砍开天地髓。
草履斜登寒雾生，胸藏秘诀多文斐。
封神台上有他名，正按坎宫壬癸水。

话说龙须虎见道人，大呼曰：『来者何人？』杨文辉一见大惊，看龙须虎形相古怪稀奇，问曰：『通个名来。』龙须虎曰：『吾乃姜子牙门人龙须虎是也。』杨文辉大怒，仗剑来取。龙须虎发手有石，只管打将下来。杨文辉不敢久战，掩一剑便走。龙须虎随后赶来。杨光辉取出一条鞭，对着龙须虎一顿转。龙须虎忽的跳将回去，发着石头，尽行力气打进西岐，直打到相府，又打上银安殿来。子牙忙着两边军将：『快与吾拿下去！』众将官用钩连枪钩倒在地，捆将起来。龙须虎口中喷出白沫，朝着天，睁着眼，只不作声。子牙无计可施，不知就理。这个是瘟部中四个行瘟使者，头一位周信按东方使者，用的磬名曰『头疼磬』；第二位李奇按西方使者，用的幡名曰『发躁幡』；第三位朱天麟按南方使者，用的剑名曰『昏迷剑』；第四位杨方辉按北方使者，用的

鞭名曰『散瘟鞭』。故此瘟部之内先着四个行瘟使者，先会门人，此乃子牙一灾又至。姜子牙哪里知道？子牙正在府中，谓杨戬曰：『吾师言三十六路伐西岐，算将来有三十路矣。今又逢此道者，把吾四个门人困住，声叫痛苦，使我心下不忍，如何是好？将奈之何？』正议间，忽门旗官报曰：『有一三只眼道人请丞相答话。』哪吒、杨戬在旁曰：『今连战五日，一日换一个，不知他营中有多少截教门人？师叔会他，便知端的。』子牙传令：『摆队伍出城。』炮声响亮，两扇门开，左右列兴周灭纣英雄，前后立玉虚门下。且说吕岳见子牙出城，兵势严整，果然比别人不同。正是：

果然纪律分严整，不亚当年风后强。

话说子牙见黄幡脚下有一道人，穿大红袍服，面如蓝靛，发似朱砂，三目圆睁，骑金眼驼，手提宝剑，大呼曰：『来者可是姜子牙么？』子牙答曰：『然也。』子牙曰：『道兄是哪座名山？何处仙府？今往西岐屡败吾门下，道兄何所见而为？今纣主无道，周室兴仁，天下共见。从来人心归顺真主，道兄何必强为！常言「顺天者存，逆天者亡」。今我周凤鸣岐山，英雄间出，似不卜可知。道兄又何得逆天而行其己意哉。况道兄在道门久炼，岂不知「封神榜」乃三教圣人所主，非吾一己之私。今我奉玉虚符命，扶助真主，不过完天地之劫数，成气运之迁移。今道兄既屡得胜，不过一时侥幸成功，若是劫数来临，自有破你之术者。道兄不得恃强，无贻伊戚。』吕岳曰：『吾乃九龙岛炼气之士，名为吕岳。只因你等恃阐教门人，侮我截教，吾故令四个门人略略使你知道。今日特来会你一会，共决雌

雄。只是你死日甚近，幸无追悔！你听我道来：

截教门中我最先，玄中妙诀许多言。
五行道术寻常事，驾雾腾云只等闲。
腹内离龙并坎虎，捉来一处自熬煎。
炼就纯阳乾健体，九转还丹把寿延。
八极神游真自在，逍遥任意大罗天。
今日降临西岐地，早早投戈免罪愆。』

吕岳道罢，子牙笑曰：『据道兄所谈，不过如峨嵋山赵公明，三仙岛云霄、琼霄、碧霄之道，一旦俱成画饼，料道兄此来，不过自取杀身之祸耳。』吕岳大怒，骂曰：『姜尚，你有何能，敢发如此恶言？』纵开金眼驼，执手中剑，飞来直取。子牙剑急架忙迎。杨戬在旁，纵马摇刀飞来，大呼曰：『师叔，弟子来也！』杨戬不分好歹，照顶上剁来。吕岳手中剑架刀隔剑。哪吒登开风火轮，使开火尖枪，冲杀过来。黄天化在旗门脚下，忍不住心头火起：『虽然是苏侯放归吾父子，难道我不如他们？只要成功，顾不得了！』催开玉麒麟，杀将过来，把吕岳围在当中。且言旗门下郑伦看见黄天化杀将过来，『呀』的一声，几乎坠于兽下，长吁叹曰：『谁知我为纣王擒将立功，元来主将有意归周，反将黄家父子放回去了。』郑伦自思：『这番捉住，即时打死，绝其他念。』急催开金睛兽，大呼『黄

吕岳见周将有增，随将身手摇动，三百六十骨节，霎时现出三头六臂，一只手执形天印，一只手擎住瘟疫钟，一只手持定形瘟幡，一只手执住止瘟剑，双手使剑，现出青脸獠牙。

天化』曰：『吾来也！』天化见了仇人，拨转麒麟，双锤并起，力战郑伦。哪吒见黄天化敌住了郑伦，恐怕有失，忙登回风火轮，把枪劈心就刺郑伦，大叫曰：『黄公子，你去拿吕岳，吾来杀此匹夫！』郑伦曾被哪吒乾坤圈打过一次，大抵心下十分怯他，纵战俱是不济，先是留心着意，防哪吒动手。且说子牙见杨戬使刀敌住吕岳，又见黄天化助力，土行孙也提宾铁棍滚将进来。邓婵玉在辕门下看战。吕岳见周将有增，随将身手摇动，三百六十骨节，霎时现出三头六臂，一只手执形天印，一只手擎住瘟疫钟，一只手持定形瘟幡，一只手执住止瘟剑，双手使剑，现出青脸獠牙。子牙见了吕岳现如此形相，心下十分惧怕。杨戬见子牙怯战，忙将马走出圈子外，命金毛童子拿金丸在手，拽满扣儿，一金丸正打中吕岳肩臂。黄天化见杨戬成功，把玉麒麟跳远了，回手一火龙标，把吕岳腿上打了一标。子牙见吕岳着伤，祭起打神鞭，这一鞭正中吕岳，响一声，坠下金眼驼来，借土遁去了。郑伦见吕岳失机，不能取胜，心下一慌，被哪吒一枪正中肩背，几乎闪下兽来，败进辕门。子牙

不赶，鸣金回兵。

且说苏侯父子在辕门见吕岳失机着了重伤，郑伦也着了伤，心中大悦：『这匹夫该当如此！』吕岳回营进中军帐坐定，被打神鞭打的三昧火从窍中而出。四门人来问老师曰：『今日不意老师反被他取了胜。』吕岳曰：『不妨，吾自有道理。』随将葫芦中取药自啖，仍复笑曰：『姜尚，你虽然取胜一时，你怎逃灭一城生灵之祸！』郑伦着伤，吕岳又将药救之。吕岳至一更时分，命四门人每一人拿一葫芦瘟丹，借五形遁进西岐城，吕岳乘了金眼驼也在当中，把瘟丹用手抓着，往城中按东、西、南、北，洒至三更方回。不表。且说西岐城中哪知此丹俱入井泉河道之中，人家起来，必用水火为急济之物，大家小户，天子文武，士庶人等，凡吃水者，满城尽遭此厄。不一二日，一城中烟火全无，街道上并无人走。皇城内人声寂静，止闻有声唤之音；相府内众门人也逢此难。内有二人不遭此殃，哪吒乃莲花化身，杨戬有元功变化。故此二人见满城如此，二人心下十分着慌。哪吒进内庭看武王；杨戬在相府照顾，又不时要上城看守。二人计议：『城中止有二人，若是吕岳加兵攻打，如之奈何？』杨戬曰：『不妨。武王乃圣明之君，其福不小；师叔该有这场苦楚，定有高明之士来佐。』不言二人在城上商议，且说吕岳散了瘟丹，次日在帐前对苏侯等言曰：『我今一日与汝等成功，不用张弓只箭，六七日之内，西岐一郡生灵尽皆死绝。尔等速速奏凯回兵，不负我下山一遭。』郑伦曰：『连日西岐不见城上有人。』吕岳曰：『一郡众生尽逢大劫，不久身亡。』郑伦曰：『既西岐城人民俱遭困厄，何不调一枝人马杀进城中，剪草除根？』吕岳曰：『也使得。』郑伦欣然领了苏侯令，调出人马来，方出汤营。且说杨戬在城上看见郑伦调兵出营，哪吒着慌，问杨戬曰：『人马杀来，我你二人焉能挡抵大众人马？』杨戬曰：『不要忙，吾自有退兵之策。』杨戬连忙把土与草抓了两把，望空中一洒，喝声：『疾！』西岐城上尽是彪躯大汉，往来耀武。郑伦抬头看时，见城上人马反比前不相同，故此不敢攻城，有诗为证，诗曰：

杨戬神机妙术奇，吕岳空自费心机。
武王洪福包天地，应合姜公遇难时。

话说郑伦见西岐城上人马轩昂骁勇，不敢进兵，徐徐退进营，见吕岳言曰：『城上有人……』之事，不表。

且说杨戬虽用此术，只过一时三刻，只救眼下之急，不能常久。哪吒正忧烦，听的空中鹤唳之声，元来是黄龙真人跨鹤而来，落在城上。哪吒、杨戬下拜，口称：『老师。』真人曰：『你师父可曾来？』杨戬答曰：『家师不曾来。』黄龙真人至相府来看子牙，又入内庭看过武王，复出皇城，上了城，玉鼎真人方驾纵地金光法而至。黄龙真人曰：『道兄为何来迟？』玉鼎真人曰：『我借金光纵地，故此来迟。今吕岳将此异术治此一郡，众生遭逢大厄。今着杨戬速往火云洞，见三圣大师，速取丹药，可救此愆。』杨戬领师命，径往火云洞来。正是：

足踏五行生雾彩，周游天下只须臾。

话说杨戬借土遁来至火云洞。此处云生八处，雾起四方，挺生秀柏，屈曲苍松，真好所在！怎见得：

巨镇东南，中天胜岳。芙蓉峰龙耸，紫盖岭巍峨。百草含香味，炉烟鹤唳踪。上有玉虚之宝箓，朱陆之灵台。舜

巡、禹祷，玉简金书。楼阁飞青鸾，亭台隐紫雾。地设名山雄宇宙，天开仙境透三清。几树桃梅花正放，满山瑶草色皆舒。龙潜涧底，虎伏崖前。幽鸟如诉语，驯鹿近人行。白鹤伴云栖老桧，青鸾丹凤向阳鸣。火云福地真仙境，金阙仁慈治世公。

话说杨戬不敢擅入，伺候多时，只见一童儿出洞府，杨戬上前稽首曰：『师兄，弟子乃玉泉山金霞洞玉鼎真人门徒杨戬，今奉师命，特到此处，参谒三圣老爷。借师兄转达一声。』童儿曰：『你可知道三圣人是谁？如何以老爷相称？』杨戬欠身曰：『弟子不知。』童子曰：『你不知，不怪你。此三圣乃天、地、人三皇帝主。』杨戬曰：『多感师兄指教，其实弟子不知。』童儿进洞府，少时出来，曰：『三位皇爷命你相见。』杨戬进洞府，见三位圣人：当中一位，顶生二角；左边一位，披叶盖肩，腰围虎豹之皮；右边一位，身穿帝服。杨戬不敢践越阶次，只得倒身下拜，言曰：『弟子杨戬奉玉鼎真人之命，今为西岐武王因吕岳助苏护征伐其地，不知用何道术，将一郡生民尽是卧床不起，呻吟不绝，昼夜无宁，武王命在旦夕，姜尚死在须臾。弟子奉师命，特恳金容大发慈悲，救援无辜生灵，实乃再造洪恩，德如渊海！』杨戬诉罢。当中一位圣人乃伏羲皇帝，谓左边神农曰：『想吾辈为君，和八卦，定礼乐，并无祸乱。方今商运当衰，干戈四起，想武王德业日盛，纣恶贯盈，以周伐纣，此是天数。但中公豹扭转天心，助恶为虐，邀请左道，大是可恨。御弟不可辞劳，转济周功，不负有德之业。』神农答曰：『皇兄此言有理。』忙起身入后，取了丹药，付与杨戬，曰：『此丹三粒；一粒救武王宫眷，一粒救子牙诸多门人，一粒用水化开，用杨枝细洒西

城。凡有此疾者，名为传染之疫。』杨戬叩首在地，拜谢出洞。神农复叫杨戬，吩咐曰：『你且站住。』神农出的洞府，往紫芝崖来，寻了一遍，忽然拔起一草，递与杨戬：『你将此宝带回人间，可治传染之疾。若凡世间众生遭此苦厄，先取此草服之，其疾自愈。』杨戬接草，跪而启曰：『此草何名？留传人间急济寒疫。恳乞明示。』神农道：『你听我有偈为证，偈曰：

此草生来盖世无，紫芝崖下用功夫。

常桑曾说玄中妙，寒门发表是柴胡。』

话说杨戬得了柴胡草并丹药，离了火云洞，径往西岐而来，早至城上，见师父回话。玉鼎真人问：『取丹药一事如何？』杨戬把神农吩咐的言语，细细说了一遍。玉鼎真人依法而行，将三粒丹如法制度。果然好丹药！正是：

圣主洪福无边远，吕岳何须枉用心！

话说吕岳在营过了七八日，对众门人曰：『西岐人民想已尽绝。』苏侯在中军听得吕道人之言，心下十分不乐。又过了数日，苏侯暗出大营，来看西岐城上，只见幡幢依旧，往来不断人行；看哪吒精神抖擞，杨戬气概轩昂，心下大悦：『吕岳之言不过愚惑吾等耳。可将言语灭他一番。』遂进中军对吕岳曰：『老师言西岐人民尽绝，如今反有人马往来，战将威武，此事不实了。老师将何法处之？不可以前言为戏。』吕岳闻言，立身曰：『岂有此理！』苏侯曰：『此不才适才经目看将来的，岂敢造次乱言。』吕岳就出营一看，果然如此，掐指一算，不觉失声大叫曰：『原

来玉鼎真人往火云洞借了丹药，以救此一城生灵之厄！』忙命四门人、郑伦：『你可每门调三千人马，乘他身弱无力支持，杀进城中，尽行屠戮。』郑伦领命，来问苏侯调人马破西岐。苏侯情知吕岳不能破子牙，遂将一万二千人马调出。周信领三千往东门杀来；李奇领三千往西门杀来；朱天麟领三千往南门杀来；杨文辉领三千同吕岳往北门杀来。郑伦在城外打点进城。且说哪吒在城上看见成汤营里发出人马，杀奔城前，忙见黄龙真人曰：『城内空虚，止有四人，焉能护持得来？』黄龙真人曰：『不妨。』命杨戬：『你去东门迎敌，开门让他进来，吾自有道理。哪吒，你在西门，也是如此。玉鼎真人，你在南门。我贫道在北门。把他诓进城来，我自有处治。』且说吕岳把四个门人点出来取西岐城，不知胜负如何，且听下回分解。

第五十九回　殷洪下山收四将

诗曰：

纣王极恶已无恩，安得延绵及子孙。
非是申公能反国，只因天意绝商门。
收来四将皆逢劫，自遇三灾若返魂。
涂炭一场成个事，封神台上泣啼痕。

话说周信领三千人马杀至城下，一声响，冲开东门，往城里杀来。喧天金鼓，喊声大振。杨戬见人马俱进了城，把三尖刀一摆，大呼：『周信！是尔自来取死，不要走，吃吾一刀！』周信大怒，执剑飞来直取。杨戬的刀赴面交还。话分四路：李奇领三千人马杀进西门，有哪吒截住厮杀。朱天麟领人马杀进南门，有玉鼎真人截住去路。杨文辉同吕岳杀进北门，只见黄龙真人跨鹤，大喝一声：『吕岳慢来！你欺敌擅入西岐，真如鱼游釜中，鸟投网里，自取其死！』吕岳一见是黄龙真人，笑曰：『你有何能，敢出此大言？』将手中剑来取真人，真人忙用剑遮架。正是：

神仙杀戒相逢日，只得将身向火焰。

黄龙真人用双剑来迎。吕岳在金眼驼上，现出三头六臂，大显神通。一位是了道真仙，一位是瘟部鼻祖。不说吕

周信大怒，执剑飞来直取。杨戬的刀赴面交还。

岳在北门，且说东门杨戬战周信，未及数合，杨戬恐人马进满，杀戮城中百姓，随将哮天犬祭在空中，把周信夹颈子上一口咬住不放。周信欲待挣时，早被杨戬一刀挥为两段。一道灵魂往封神台去了。杨戬大杀成汤人马，三军逃出城外，各顾性命。杨戬往中央来接应。且说哪吒在两门与李奇大战，交锋未及数合，李奇非哪吒敌手，被哪吒乾坤圈打倒在地，胁下复了一枪，一灵也往封神台去了。玉鼎真人在南门战朱天麟，杨戬走马接应。只见哪吒杀了李奇，蹬风火轮赶杀士卒，势如猛虎，三军逃窜。吕岳战黄龙真人，真人不能敌，且败往正中央来。杨文辉大呼：『拿住黄龙真人！』哪吒听见三军呐喊，振动山川，急来看时，见吕岳三头六臂，追赶黄龙真人。哪吒大叫曰：『吕岳不要恃勇！吾来了！』把枪刺斜里杀来。吕岳手中剑架枪大战。哪吒正战，杨戬马到，使开三尖刀，如电光耀目。玉鼎真人祭起斩仙剑，诛了朱天麟，又来助杨戬、哪吒来战吕岳。西岐城内止有吕岳、杨文辉二人。

且说子牙坐在银安殿，其疾方愈，未能全妥。左右站立几个门人：

雷震子、金吒、木吒、龙须虎、黄天化、土行孙。只听的喊声震地，锣鼓齐鸣。子牙慌问众门人，俱曰：『不知。』旁有雷震子深恨吕岳：『待弟子看来。』把风雷翅飞起空中一看，知是吕岳杀进城来，忙转身报于子牙：『吕岳欺敌，杀入城来。』金吒、木吒、黄天化闻言，恨吕岳深入骨髓，五人喊声大叫：『今日不杀吕岳，怎肯干休！』齐出相府。子牙阻拦不住。吕岳正战之间，只见金吒大呼曰：『兄弟！不可走了吕岳！』忙把遁龙桩祭在空中。吕岳见此宝落将下来，忙将金眼驼拍一下，那驼四足就起风云，方欲起去，不防木吒将吴钩剑祭起砍来。吕岳躲不及，被剑卸下一只膀臂，负痛逃走。杨文辉见势不好，亦随师败下阵去。且说众门人等回见子牙。黄龙真人同玉鼎真人曰：『子牙放心，此子今日之败，再不敢正眼觑西岐了。吾等暂回山岳，至拜将吉辰，再来拜贺。』二仙回山。不表。且说郑伦在城外，见败残人马来报：『启爷知道：吕老爷失机走了。』郑伦低首无语，回营见苏侯。苏侯暗喜曰：『今日方显真命圣主。』俱各无语。

且说那日吕岳同门人败走，来至一山，心下十分惊惧。下了坐骑，倚松靠石，少憩片时，对杨文辉曰：『今日之败，大辱吾九龙岛声名。如今往哪里去觅一道友来，以报吾今日之恨？』话犹未了，听得脑后有人唱道情而来，歌曰：

烟霞深处隐吾躯，修炼天皇访道机。一点真元无破漏，拖白虎，过桥西。易消磨天地须臾。人称我全真客，伴龙虎守茅庐，过几世固守男儿。

吕岳听罢，回头一看，见一人非俗非道，头戴一顶盔，身穿道服，手执降魔杵，徐徐而来。吕岳立身言曰：『来的道者是谁？』其人答曰：『吾非别人，乃金庭山玉屋洞道行天尊门下韦护是也。今奉师命下山，佐师叔子牙，东进五关灭纣。今先往西岐，擒拿吕岳，以为进见之功。』杨文辉闻言大怒，大喝一声曰：『你这厮好大胆，敢说欺心大话！』纵步执剑，来取韦护。韦护笑曰：『事有凑巧，原来此处正与吕岳相逢！』二人轻移虎步，大杀山前。只三五回合，韦护祭起降魔杵。怎见得好宝贝，有诗为证，诗曰：

曾经煅炼炉中火，制就降魔杵一根。
护法沙门多有道，文辉遇此绝真魂。

话说此宝拿在手中，轻如灰草；打在人身上，重似泰山。杨文辉见此宝落将下来，方要脱身，怎免此厄，正中顶上。可怜打的脑浆迸出。一道灵魂进封神台去了。吕岳又见折了门人，心中大怒，大喝曰：『好孽障！敢如此大胆，欺侮于我！』抡手中剑，飞来直取。韦护展开杵，变化无穷。一个是护三教法门全真；一个是第三部瘟部正神。两家来往，有五七回合，韦护又祭起宝杵。吕岳观之，料不能破此宝，随借土遁，化黄光而去。韦护见走了吕岳，收了降魔杵，径往西岐来，早至相府。门官通报：『有一道人求见。』子牙听得是道者，忙道：『请来。』韦护至檐前，倒身下拜，口称：『师叔，弟子是金庭山玉屋洞道行天尊门下韦护是也。今奉师命，来佐师叔，共辅西岐。弟子中途曾遇吕岳，两下交锋，被弟子用降魔杵打死了一个道者，不知何名，单走了吕岳。』子牙闻言大悦。

殷洪心下甚怯，把镜子对他一晃，那人又跌下鞍鞒。

且说吕岳回往九龙岛炼瘟癀伞。不表。

且说苏侯被郑伦拒住不肯归周，心下十分不乐。自思：『屡屡得罪与子牙，如何是好？』且不言苏护纳闷。话分两处，且言太华山云霄洞赤精子，只因削了顶上三花，潜消胸中五气，闲坐于洞中，保养天元。只见有玉虚宫白鹤童子持札而至。赤精子接见。白鹤童儿开读御札。谢恩毕，方知姜子牙金台拜将：『请师叔西岐接驾。』赤精子打发白鹤童儿回宫。忽然见门人殷洪在旁，道人曰：『徒弟，你今在此，非是了道成仙之人。如今武王乃仁圣之君，有事于天下，伐罪吊民。你姜师叔合当封拜，东进五关，会诸侯于孟津，灭独夫于牧野。你可即下山，助子牙一臂之力。只是你有一件事掣肘。』殷洪曰：『老师，弟子有何事掣肘？』赤精子曰：『你乃是纣王亲子，你决不肯佐周。』殷洪闻言，将口中玉钉一锉，二目圆睁：『老师在上：弟子虽是纣王亲子，我与妲己有百世之仇。父不慈，子不孝。他听妲己之言，剜吾母之目，烙吾母二手，在西宫死于非命。弟子时时饮恨，刻刻痛心。怎能得此机会拿

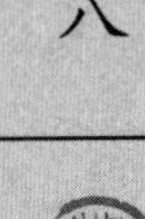

住妲己，以报我母沉冤，弟子虽死无恨！』赤精子听罢大悦：『你虽有此意，不可把念头改了。』殷洪曰：『弟子怎敢有负师命？』道人忙取紫绶仙衣、阴阳镜、水火锋，拿在手中，曰：『殷洪，你若是东进时，倘过佳梦关，有一火灵圣母，他有金霞冠戴在头上，放金霞三四十丈，罩着他一身，他看得见你，你看不见他。你穿此紫绶仙衣，可救你刀剑之灾。』又取阴阳镜付与殷洪：『徒弟，此镜半边红，半边白。把红的一晃，便是生路；把白的一晃，便是死路。水火锋可以随身护体。你不可迟留，快收拾去罢！吾不久也至西岐。』殷洪收拾，辞了师父下山。赤精子暗想：『我为子牙，故将洞中之宝尽付与殷洪去了。他终是纣王之子，倘若中途心变，如之奈何？那时节反为不美。』赤精子忙叫：『殷洪！你且回来。』殷洪曰：『弟子既去，老师又令弟子回来，有何吩咐？』赤精子曰：『吾把此宝俱付与你，切不可忘师之言，保纣伐周。』殷洪曰：『弟子若无老师救上高山，死已多时，岂能望有今日！弟子怎敢背师言而忘之理！』赤精子曰：『从来人面是心非，如何保得到底！你须是对我发个誓来。』殷洪随口应曰：『弟子若有他意，四肢俱成飞灰！』赤精子曰：『出口有愿。你便去罢！』且说殷洪离了洞府，借土遁往西岐而来。正是：

神仙道术非凡术，足踏风云按五行。

话说殷洪驾土遁正行，不觉落将下来。一座古古怪怪的高山，好凶险！怎见得，有诗为证，诗曰：

顶巅松柏接云青，石壁荆棒挂野藤。

万丈崔嵬峰岭峻，千层峭险壑崖深。
苍苔碧藓铺阴石，古桧高槐结大林。
林深处处听幽鸟，石磊层层见虎行。
涧内水流如泻玉，路旁花落似堆金。
山势险恶难移步，十步全无半步平。
狐狸麋鹿成双走，野兽玄猿作对吟。
黄梅熟杏真堪食，野草闲花不识名。

话说殷洪看罢山景，只见茂林中一声锣响，殷洪见有一人，面如亮漆，海下红髯，两道黄眉，眼如金镀，皂袍乌马，穿一付金锁甲，用两条银装锏，滚上山来，大叱一声，如同雷鸣，问道：『你是哪里道童，敢探吾之巢穴？』劈头就打一锏。殷洪忙将水火锋急架忙迎。步马交还。山下又有一人大呼曰：『长兄，我来了！』那人戴虎磕脑，面如赤枣，海下长须，用驼龙枪，骑黄膘马，双战殷洪。殷洪怎敌得过二人，心中暗想：『吾师曾吩咐，阴阳镜按人生死，今日试他一试。』殷洪把阴阳镜拿在手中，把一边白的对着二人一晃。那二人坐不住鞍鞒，撞下尘埃。殷洪大喜。只见山下又有二人上山来，更是凶恶。一人面如黄金，短发虬须，穿大红，披银甲，坐白马，用大刀，真是勇猛。殷洪心下甚怯，把镜子对他一晃，那人又跌下鞍鞒。后面一人见殷洪这等道术，滚鞍下马，跪而告曰：『望仙长

大发慈悲，赦免三人罪愆！』殷洪曰：『吾非仙长，乃纣王殿下洪殷是也。』那人听罢，叩头在地，曰：『小人不知千岁驾临，吾兄亦不知，万望饶恕。』殷洪曰：『吾与你非是敌国，再决不害他。』将阴阳镜把红的半边对三人一晃。三人齐醒回来，跃身而起，大叫曰：『好妖道！敢欺侮我等！』旁立一人大呼曰：『长兄，不可造次！此乃是殷殿下也。』三人听罢，倒身下拜，口称：『千岁！』殷洪曰：『请问四位，高姓大名？』内一个应曰：『某等在此二龙山黄峰岭啸聚绿林，末将姓庞，名弘；此人姓刘，名甫；此人姓苟，名章；此人姓毕，名环。』殷洪曰：『观尔四人，仪表非俗，真是当世英雄。何不随我往西岐去助武王伐纣，如何？』刘甫曰：『殿下乃成汤胄胤，反不佐成汤而助周武者何也？』殷洪曰：『纣王虽是吾父，奈他绝灭彝伦，有失君道，为天下所共弃。吾故顺天而行，不敢违逆。你此山如今有多少人马？』庞弘答曰：『此山有三千人马。』殷洪曰：『既是如此，你们同吾往西岐，不失人臣之位。』四人答曰：『若千岁提携，乃贵神所照，敢不如命。』四将随将三千人马改作官兵，打西岐号色，放火烧了山寨，离了高山。一路上正是：

杀气冲空人马进，这场异事又来侵。

话说人马非止一日，行在中途，忽见一道人跨虎而来。众人大叫：『虎来了！』道人曰：『不妨，此虎乃是家虎，不敢伤人。烦你报与殷殿下，说有一道者要见。』军士报至马前曰：『启千岁：有一道人要见。』殷洪原是道人出身，命左右：『住了人马，请来相见。』少时，见一道者飘然而来，白面长须，上帐见殷洪打个稽首。殷洪亦以师

礼而待。殷洪问曰：『道长高姓？』道人曰：『你师与吾一教，俱是玉虚门下。』殷洪欠身，口称：『师叔。』二人坐下。殷洪问：『师叔高姓？大名？今日至此，有何见谕？』道人曰：『吾乃是申公豹也。你如今往哪里去？』殷洪曰：『奉师命往西岐，助武王伐纣。』道人正色言曰：『岂有此理！纣王是你甚么人？』洪曰：『是弟子之父。』道人大喝一声曰：『世间岂有子助他人，反伐父亲之理！』殷洪曰：『纣王无道，天下叛之。今以天之所顺，行天之罚，天必顺之，虽有孝子慈孙，不能改其愆尤。』申公豹笑曰：『你乃愚迷之人，执一之夫，不知大义。你乃成汤苗裔，虽纣王无道，无子伐父之理。况百年之后，谁为继嗣之人？你倒不思社稷为重，听何人之言，忤逆灭伦，为天下万世之不肖，未有若殿下之甚者！你今助武王伐纣，倘有不测，一则宗庙被他人之所坏，社稷被他人之所有。你久后死于九泉之下，将何颜相见你始祖哉？』殷洪被申公豹一篇言语说动其心，低首不语，默默无言，半晌，言曰：『老师之言虽则有理，我曾对吾师发咒，立意来助武王。』申公豹曰：『你发何咒？』殷洪曰：『我发誓说：如不助武王伐纣，四肢俱成飞灰。』申公豹笑曰：『此乃牙疼咒耳！世间岂有血肉成为飞灰之理。你依吾之言，改过念头，竟去伐周，久后必成大业，庶几不负祖宗庙社之灵，与我一片真心耳。』殷洪彼时听了申公豹之言，把赤精子之语丢了脑后。申公豹曰：『如今西岐有冀州侯苏护征伐。你此去与他合兵一处，我再与你请一高人来，助你成功。』殷洪曰：『苏护女妲己将吾母害了，我怎肯与仇人之父共居！』申公豹笑曰：『「怪人须在腹，相见有何妨。」你成了天下，任你将他怎么去报母之恨，何必在一时自失机会。』殷洪欠身谢曰：『老师之言大是有理。』申公豹说反了殷洪，跨虎而去。正是：

堪恨申公多饶舌，殷洪难免这灾迍。

且说殷洪改了西周号色，打着成汤字号，一日到了西岐，果见苏侯大营扎在城下。殷洪命庞弘去令苏侯来见。庞弘不知就里，随上马到营前，大呼曰：『殷千岁驾临，令冀州侯去见！』有探事马报入中军：『启君侯：营外有殷殿下兵到，如今来令君侯去见。』苏侯听罢，沉吟曰：『天子殿下久已湮没，如何又有殿下？况吾奉敕征讨，身为大将，谁敢令我去见？』因吩咐旗门官曰：『你且将来人令来。』军政司来令庞弘。庞弘随至中军。苏侯见庞弘生的凶恶，相貌跷蹊，便问来者曰：『你是哪里来的兵？是哪个殿下命你来至此？』庞弘答曰：『此是二殿下之令，命末将来令老将军。』苏侯听罢，沉吟曰：『当时有殷郊、殷洪绑在绞头桩上，被风刮不见了，哪里又有一个二殿下殷洪也？』旁有郑伦启曰：『君侯听禀：当时既有被风刮去之异，此时就有一个不可解之理。想必当初被哪一位神仙收去。今见天下纷纷，刀兵四起，特来扶助家国，亦未可知。君侯且到他行营，看其真假，便知端的。』苏侯从其言，随出大营，来至辕门。庞弘进营回覆殷洪曰：『苏护在辕门等令。』殷洪听得，命左右：『令来。』苏侯、郑伦至中军行礼，欠身打躬曰：『末将甲胄在身，不能全礼。请问殿下是成汤哪一枝宗派？』殷洪曰：『孤乃当今嫡派次子殷洪。只因父王失政，把吾弟兄绑在绞头桩，欲待行刑，天不亡我，有海岛高人将吾提拔。故今日下山，助你成功，又何必问我？』郑伦听罢，以手加额曰：『以今日之遇，正见社稷之福！』殷洪令苏护合兵一

处。殷洪进营升帐，就问：『连日可曾与武王会兵以分胜负？』苏侯把前后大战一一说了一遍。殷洪在帐内，改换王服。次日领众将出营请战。有报马报入相府：『启丞相：外有殷殿下请战。』子牙曰：『成汤少嗣，焉能又有殿下提兵？』旁有黄飞虎曰：『当时殷郊、殷洪绑在绞头桩上，被风刮去，想必今日回来。末将认的他，待吾出去，便知真假。』黄飞虎领令出城，有子黄天化压阵。黄天禄、天爵、天祥父子五人齐出城。黄飞虎在坐骑上，见殷洪王服，左右摆着庞、刘、苟、毕四将，后有郑伦为左右护卫使，真好齐整！看殷洪出马，怎见得，有诗为证，诗曰：

束发金冠火焰生，连环铠甲长征云。
红袍上面团龙现，腰束挡兵走兽裙。
紫绶仙衣为内衬，暗挂稀奇水火锋。
拿人捉将阴阳镜，腹内安藏秘五行。
坐下走阵逍遥马，手提方天戟一根。
龙凤幡上书金字，成汤殿下是殷洪。

话说黄飞虎出马言曰：『来者何人？』殷洪离飞虎十年有余，不想飞虎归了西岐，一时也想不到。殷洪答曰：『吾乃当今次殿下殷洪是也。你是何人，敢行叛乱？今奉敕征西，早早下骑受缚，不必我费心。莫说西岐姜尚乃昆仑门下之人，若是恼了我，连你西岐寸草不留，定行灭绝！』黄飞虎听说，答曰：『殿下，吾非别人，乃开国武成王黄飞虎是也。』殿下暗想：『此处难道也有个黄飞虎？』殷洪把马一纵，摇戟来取。黄飞虎催神牛，手中枪急架来迎。牛马相交，枪戟并举。这一场大战，不知胜负如何，且听下回分解。

第六十回　马元下山助殷洪

诗曰：

玄门久炼紫真宫，暴虐无端性更残。
五厌贪痴成恶孽，三花善果属欺谩。
纣王帝业桑林晚，周武军威瑞雪寒。
堪叹马元成佛去，西岐犹自怯心剜。

话说黄飞虎大战殷洪，二骑交锋，枪戟上下，来往相交，约有二十回合。黄飞虎枪法如风驰电掣，往来如飞，抢入怀中。殷洪招架不住。只见庞弘走马来助，这壁厢黄天禄纵马摇枪，敌住庞弘。刘甫舞刀飞来，黄天爵也来接住厮杀。苟章见众将助战，也冲杀过来；黄天祥年方十四岁，大呼曰：『少待！吾来！』枪马抢出，大战苟章。毕环走马，使锏杀来，黄天化举双锤接杀。且说殷洪敌不住黄飞虎，把戟一掩就走。黄飞虎赶来。殷洪取出阴阳镜，把白光一晃。黄飞虎滚下骑来。早被郑伦杀出阵前，把黄飞虎抢将过去了。黄天化见父亲坠骑，弃了毕环，赶来救父。殷洪见黄天化坐的是玉麒麟，知是道德之士，恐被他所算，忙取出镜子，如前一晃。黄天化跌下鞍鞒，也被擒了。苟章欺黄天祥年幼，不以为意，被天祥一枪，正中左腿，败回行营。殷洪一阵擒二将，掌得胜鼓回营。且说黄家父子五个出城，到擒了两个去，止剩三个回来，进相府泣报子牙。子牙大惊，问其原故。天爵等将『镜子一晃，即便拿人』，诉了一遍。子牙十分不悦。只见殷洪回至营中，令：『把擒来二将抬来。』殷洪明明卖弄他的道术，把镜子取出来，用红的半边一晃。黄家父子睁开二目，见身上已被绳索捆住，及推至帐前，黄天化只气得三尸神暴跳，七窍内生烟。黄飞虎曰：『你不是二殿下？』殷洪喝曰：『你怎见得我不是？』黄飞虎曰：『你既是二殿下，你岂不认得我武成王黄飞虎？当年你可记得我在十里亭前放你，午门前救你？』殷洪听罢，『呀』的一声：『你原来就是大恩人黄将军！』殷洪忙下帐，亲解其缚，又令放了黄天化。殷洪曰：『你为何降周？』黄飞虎欠身打躬曰：『殿下在上：臣愧不可言。纣王无道，因欺臣妻，故弃暗投明，归投周主。况今三分天下，有二归周，天下八百诸侯无不臣服。纣王有十大罪，得罪天下，醢戮大臣，炮烙正士，剖贤之心，杀妻戮子，荒淫不道，沉湎酒色，峻宇雕梁，广兴土木，天愁民怨，天下皆不愿与之俱生，此殿下所知者也。今蒙殿下释吾父子，乃莫大之恩。』郑伦在旁，急止之曰：『殿下不可轻释黄家父子，恐此一回去，又助恶为衅，乞殿下察之。』殷洪笑曰：『黄将军昔日救我弟兄二命，今日理当报之。今放过一番，二次擒之，当正国法。』叫左右：『取衣甲还他。』殷洪曰：『黄将军，今日之恩吾已报过了，以后并无他说。再有相逢，幸为留意，毋得自遗伊戚！』黄飞虎感谢出营。正是：

昔日施恩今报德，从来万载不生尘。

且说殷洪放回黄家父子，回至城下，放进城来，到相府谒见子牙。子牙大悦，问其故：『将军被获，怎能得复脱此厄？』黄飞虎把上件事说了一遍。子牙大喜：『正所谓「天相吉人」。』话说郑伦见放了黄家父子，心中不悦，对

殷洪曰：『殿下，这番再擒来，切不可轻易处治。他前番被臣擒来，彼又私自逃回。这次切宜斟酌。』殿下曰：『他救我，我理当报他。料他也走不出吾之手。』

次日，殷洪领众将来城下，坐名请子牙答话。探马报入相府。子牙对诸门人曰：『今日会殷洪，须是看他怎样个镜子。』传令：『排队伍。』炮声响亮，旗幡招展出城，对子牙各分左右，诸门人雁翅排开。殷洪在马上把画戟指定，言曰：『姜尚为何造反？你也曾为商臣，一旦辜恩，情殊可恨！』子牙欠身曰：『殿下此言差矣！为君者上行而下效，其身正，不令而行；其身不正，虽令不从。其所令反其所好，民孰肯信之！纣王无道，民愁天怨，天下皆与为仇，天下共叛之，岂西周故逆王命哉。今天下归周，天下共信之，殿下又何必逆天强为，恐有后悔！』殷洪大喝曰：『谁与我把姜尚擒了！』左队内庞弘大叱一声，走马滚临阵前，用两条银装锏冲杀过来。哪吒蹬风火轮，摇枪战住。刘甫出马来战，又有黄天化接住厮杀。毕环助战，又有杨戬拦住厮杀。且说苏侯同子苏全忠在辕门，看殷洪走马来战姜子牙，子牙仗剑来迎。怎见得这场恶杀：

扑咚咚陈皮鼓响，血沥沥旗磨朱砂。槟榔马上叫活拿，便把人参捉下。暗里防风鬼箭，乌头便撞飞抓。好杀！只杀得附子染黄沙，都为那地黄天子驾。

话说两家锣鸣鼓响，惊天动地，喊杀之声，地沸天翻。且说子牙同殷洪未及三四合，祭打神鞭来打殷洪。不知殷洪内衬紫绶仙衣，此鞭打在身上，只当不知。子牙忙收了打神鞭。哪吒战庞弘，忙祭起乾坤圈，一圈将庞弘打下马去，复胁下一枪刺死。殷洪见刺杀庞弘，大叫曰：『好匹夫！伤吾大将！』弃了子牙，忙来战哪吒。戟枪并举，杀在虎穴。却说杨戬战毕环，未及数合，杨戬放出哮天犬，将毕环咬了一口，毕环负疼，把头一缩，凑手不及，被杨戬复上一刀，可怜死于非命。二人俱进封神台去了。殷洪战住哪吒，忙取阴阳镜照着哪吒一晃。哪吒不知就里，见殷洪拿镜子照他晃。不知哪吒乃莲花化身，不系精血之体，怎晃的他死？殷洪连晃数晃，全无应验。殷洪着忙，只得又战。彼时杨戬看见殷洪拿着阴阳镜，慌忙对子牙曰：『师叔快退后！殷洪拿的是阴阳镜。方才弟子见打神鞭虽打殷洪，不曾着重，此必有暗宝护身。如今又将此宝来晃哪吒，幸哪吒非血肉之躯，自是无恙。』子牙听说，忙命邓婵玉暗助哪吒一石，以襄成功。婵玉听说，把马一纵，将五光石掌在手上，望殷洪打来。正是：

发手石来真可羡，殷洪怎免面皮青。

殷洪与哪吒大战局中，不防邓婵玉一石打来，及至着伤，打得头青眼肿，『哎哟』一声，拨骑就走。哪吒刺斜里一枪，劈胸刺来，亏杀了紫绶仙衣，枪尖也不曾刺入分毫。哪吒大惊，不敢追袭。子牙掌得胜鼓进城。殷洪败回大营，面上青肿，切齿深恨姜尚：『若不报今日之耻，非大丈夫之所为也！』

且说杨戬在银安殿启子牙曰：『方才弟子临阵，见殷洪所掌，实是阴阳镜。今日若不是哪吒，定然坏了几人。弟子往太华山去走一遭，见赤精子师伯，看他如何说。』子牙沉吟半晌，方许前去。杨戬离了西岐，借土遁到太华山来，随风而至。来到高山，收了遁术，径进云霄洞来。赤精子见杨戬进洞，问曰：『杨戬，你到此有何说话？』杨

戬行礼，口称：『师伯，弟子来见，来借阴阳镜与姜师叔，暂破成汤大将，随即奉上。』赤精子曰：『前日殷洪带下山去，我使他助子牙伐纣，难道他不说有宝在身？』杨戬曰：『弟子单为殷洪而来。此殷洪不曾归周，如今反伐西岐。』道人听罢，顿足叹曰：『吾错用其人！将一洞珍宝尽付殷洪。岂知这畜生反生祸乱！』赤精子命杨戬：『你且先回，我随后就至。』杨戬辞了赤精子，借土遁回西岐，进相府，来见子牙。子牙问曰：『你往太华山见你师伯如何说？』杨戬曰：『果是师伯的徒弟殷洪。师伯随后就来。』子牙心下焦闷。过了三日，门官报入殿前：『赤精子老爷到了。』子牙忙迎出府前。二人携手上殿。赤精子曰：『子牙公，贫道得罪！吾使殷洪下山，助你同进五关，使这畜生得归故土。岂知负我之言，反生祸乱？』子牙曰：『道兄如何把阴阳镜也付与他？』赤精子曰：『贫道将一洞珍宝尽付与殷洪。恐防东进有碍，又把紫绶仙衣与他护身，可避刀兵水火之灾。这孽障不知听何人唆使，中途改了念头。也罢，此时还未至大决裂，我明日使他进西岐赎罪便了。』一宿不表。次日，赤精子出城至营，大呼曰：『辕门将士传进去，着殷洪出来见我。』话说殷洪自败在营，调养伤痕，切齿痛恨，欲报一石之仇。忽军士报：『有一道人，坐名请千岁答话。』殷洪不知是师父前来，随即上马，带刘甫、苟章，一声炮响，齐出辕门。殷洪看见是师父，便自置身无地；欠背打躬，口称：『老师，弟子殷洪甲胄在身，不能全礼。』赤精子曰：『殷洪，你在洞中怎样对我讲？你如今反伐西岐，是何道理？徒弟，开口有愿，出语受之，仔细四肢成为飞灰也！好好下马，随吾进城，以赎前日之罪，庶免飞灰之祸。如不从我之言，那时大难临身，悔无及矣！』殷洪曰：『老师在上，容弟子一言告禀：殷

道人听罢，顿足叹曰：『吾错用其人！将一洞珍宝尽付殷洪。岂知这畜生反生祸乱！』

洪乃纣王之子，怎的反助武王。古云：「子不言父过。」况敢从反叛而弑父哉。即人神仙佛，不过先完纲常彝伦，方可言其冲举。又云：「未修仙道，先修人道。人道未完，仙道远矣。」且老师之教弟子，且不论证佛成仙，亦无有教人有逆伦弑父之子。即以此奉告老师，老师当何以教我？』赤精子笑曰：『畜生！纣王逆伦灭纪，惨酷不道，杀忠害良，淫酗无忌。天之绝商久矣，故生武周，继天立极。天心效顺，百姓来从。你之助周，尚可延商家一脉；你若不听吾言，这是大数已定，纣恶贯盈，而遗疚于子孙也。可速速下马，忏悔往愆。吾当与你解释此罪尤也。』殷洪在马上正色言曰：『老师请回。未有师尊教人以不忠不孝之事者。弟子实难从命！俟弟子破了西岐逆孽，再来与老师请罪。』赤精子大怒：『畜生不听师言，敢肆行如此！』仗手中剑飞来直取。殷洪将戟架住，告曰：『老师何苦深为子牙，自害门弟？』赤精子曰：『武王乃是应运圣君，子牙是佐周名世，尔何得逆天而行暴横乎！』又把宝剑直砍来。殷洪又架剑，口称：『老师，我与你有师生之情，你如今自失

骨肉而动声色，你我师生之情何在？若老师必执一偏之见，致动声色，那时不便，可惜前情教弟子一场，成为画饼耳。』道人大骂：『负义匹夫！尚敢巧言！』又一剑砍来。殷洪面红火起：『老师，你偏执己见，我让你三次，吾尽师礼，这一剑吾不让你了！』赤精子大怒，又一剑砍来。殷洪发手，赴面交还。正是：

师徒共战抡剑戟，悔却当初救上山。

话说殷洪回手与师父交兵，已是逆命于天。战未及数合，殷洪把阴阳镜拿出来，欲晃赤精子。赤精子见了，恐有差讹，借纵地金光法走了，进西岐城，来至相府。子牙接住，问其详细。赤精子从前说了一遍。众门人不服，俱说：『赤老师，你太弱了。岂有徒弟与师尊对持之理！』赤精子无言可对，纳闷厅堂。

且说殷洪见师父也逃遁了，其志自高，正在中军与苏侯共议破西岐之策。忽辕门军士来报：『有一道人求见。』殷洪传令：『请来。』只见营外来一道人，身不满八尺，面如瓜皮，獠牙巨石，身穿大红，颈上带一串念珠，乃是人之顶骨，又挂一金镶瓢，是人半个脑袋，眼、耳、鼻中冒出火焰，如顽蛇吐信一般。殷殿下同诸将观之骇然。那道人上帐，稽首而言曰：『哪一位是殷殿下？』殷洪答曰：『吾是殷洪。不知老师哪座名山？何处洞府？今到小营，有何事吩咐？』道人曰：『吾乃骷髅山白骨洞一气仙马元是也，遇申公豹请吾下山助你一臂之力。』殷洪大喜，请马元上帐坐了，『请问老师吃斋，吃荤？』道人曰：『吾乃吃荤。』殷洪传令，军中治酒，管待马元。当晚已过。次日，马元对殷洪曰：『贫道既来相助，今日吾当会姜尚一会。』殷洪感谢。道人出营，至城下，只请姜子牙答话。报马报入

且说邓婵玉在马上见马元将土行孙摔不见了，只管在地上瞧，邓婵玉忙取五光石发手打来。

府中：『启丞相：城外有一道人请丞相答话。』子牙曰：『吾有三十六路征伐之厄，理当会他。』传令：『排队伍出城。』子牙随带众将、诸门人出得城来。只见对面来一道人，甚是丑恶。怎见得，有诗为证，诗曰：

发似朱砂脸似瓜，金睛凸暴冒红霞。
窍中吐出顽蛇信，上下斜生利刃牙。
大红袍上云光长，金叶冠拴紫玉花。
腰束麻绦太极扣，太阿宝剑手中拿。
封神榜上无名姓，他与西方是一家。

话说子牙至军前，问曰：『道者何名？』马元答曰：『吾乃一气仙马元是也。申公豹请吾下山，来助殷洪，共破逆天大恶。姜尚，休言你阐教高妙，吾特来擒汝，与截教吐气。』子牙曰：『申公豹与吾有隙，殷洪误听彼言，有背师教，逆天行事，助极恶贯盈之主，反伐有道之君。道者既是高明，何得不顺天从人，而反其所事哉。』马元笑曰：

『殷洪乃纣王亲子，反说他逆天行事。终不然转助尔等，叛逆其君父，方是顺天应人。姜尚，还亏你是玉虚门下，自称道德之士，据此看来，真满口胡言，无父无君之辈！我不诛你，更待何人！』仗剑跃步砍来。子牙手中剑赴面交还。未及数合，子牙祭打神鞭打将来。马元不是『封神榜』上人，被马元看见，伸手接住鞭，收在豹皮囊里。子牙大惊。正战之间，忽一人走马军前，凤翅盔，金锁甲，大红袍，白玉带，紫骅骝，大喝一声：『丞相，吾来也！』子牙看时，乃秦州运粮官、猛虎大将军武荣。因催粮至此，见城外厮杀，故来助战。一马冲至军前，展刀大战。马元抵武荣这口刀不住，真若山崩地裂，渐渐筋力难支。马元默念咒，道声：『疾！』忽脑后伸出一只手来，五个指头好似五个斗大冬瓜，把武荣抓在空中，望下一摔，一脚踏住大腿，两只手端定一只腿，一撕两块，血滴滴取出心来，对定子牙、众周将、门人，『咽喳咽喳』嚼在肚里，大呼曰：『姜尚，捉住你也是这样为例！』把众将吓得魂不附体。马元仗剑，又来搦战。土行孙大呼曰：『马元少待行恶，吾来也！』抡开大棍，就打马元一棍。马元及至看时，是一个矮子。马元笑而问曰：『你来做甚么？』土行者曰：『特来拿你。』又是一棍打来。马元大怒：『好孽障！』绰步撩衣，把剑往下就劈，土行孙身子伶俐，展动棍就势已钻在马元身后，拎着铁棍把马元的大腿连腰打了七八棍，把马元打得骨软筋酥，招架着实费力。怎禁得土行孙在穴道上打。马元急了，念动真言，伸出那一只神手，抓着土行孙，望下一摔。马元不知土行孙有地行道术，摔在地下，就不见了。马元曰：『想是摔狠了，怎么这厮连影儿也不见了？』

正是：

马元不识地行妙，尚将双眼使模糊。

且说邓婵玉在马上见马元将土行孙摔不见了，只管在地上瞧，邓婵玉忙取五光石发手打来。马元未曾提防，脸上被一石头只打的金光乱冒，『哎呀』一声，把脸一抹，大骂：『是何人暗算打我？』只见杨戬纵马舞刀，直取马元。马元仗剑来战杨戬。杨戬刀势疾如飞电，马元架不住三尖刀，只得又念真言，复现那一只神手，将杨戬抓在空中，往下一摔，也像撕武荣一般，把杨戬心肺取将出来，血滴滴吃了。马元指子牙曰：『今日且饶你多活一夜，明日再来会你。』马元回营。殷洪见马元道术神奇，食人心肺，这等凶猛，心下甚是大悦。掌鼓回营，治酒与大小将校只饮至初更时候。不表。且说子牙进城至府，自思：『今日见马元这等凶恶，把人心活活的吃了，从来未曾见此等异人。杨戬虽是如此，不知凶吉。』正是放心不下。却说马元同殷殿下饮酒，至二更时分，只见马元双眉紧皱，汗流鼻尖。殷洪曰：『老师为何如此？』马元曰：『腹中有点痛疼。』郑伦答曰：『想必吃了生人心，故此腹中作痛，吃些热酒冲一冲，自然无事。』马元命取热酒来吃了；越吃越疼。马元忽的大叫一声，跌倒在地下乱滚，只叫：『疼杀我也！』腹中嘓渌渌的响。郑伦曰：『老师腹中有响声，请往后营方便方便，或然无事也不见得。』马元只得往后边去了。岂知是杨戬用八九元功，变化腾挪之妙，将一粒奇丹使马元泻了三日，泻的马元瘦了一半。且说杨戬回西岐来见子牙，备言前事。子牙大喜。杨戬对子牙曰：『弟子权将一粒丹使马元失其形神，丧其元气，然后再做处治；谅他有六七日不能得出来会战。』正言之间，忽哪吒来报：『文殊广法天尊驾至。』子牙忙迎至银安殿，行礼毕；又见赤精子，稽首

坐下。文殊广法天尊曰：『恭喜子牙公，金台拜将，吉期甚近！』子牙曰：『今殷洪背师言而助苏护征伐西岐，黎庶不安；又有马元凶顽肆虐。不肖如坐针毡。』文殊广法天尊曰：『子牙公，贫道因闻马元来伐西岐，恐误你三月十五日拜将之辰，故此来收马元。子牙公可以放心。』子牙大喜：『若得道兄相助，姜尚幸甚，国家幸甚！但不知用何策治之？』天尊附子牙耳曰：『如要伏马元，须是……如此如此，自然成功。』子牙忙令杨戬领法旨。杨戬得令，自去策应。正是：

马元今入牢笼计，可见西方有圣人。

话说子牙当日申牌时分，骑四不像，单人独骑，在成汤辕门外若探望样子，用剑指东画西。只见巡哨探马报入中军曰：『禀殿下：有子牙独自一个在营前探听消息。』殷洪问马元曰：『老师，此人今日如此模样，探我行营，有何奸计？』马元曰：『前日误被杨戬这厮中其奸计，使贫道有失形之累。待吾走去擒来，方消吾恨。』马元出营，见子牙怒起，大叫：『姜尚不要走！吾来了！』绰步上前，仗剑来取。子牙手中剑急架相还。步兽相交，未及数合，子牙拨骑就走。马元只要拿姜子牙的心重，怎肯轻放，随后赶来。不知马元胜负如何，且听下回分解。

第六十一回　太极图殷洪绝命

诗曰：

太极图中造化奇，仙凡迥隔少人知。
移来幻化真玄妙，忏过前非亦浪思。
弟子悔盟师莫救，苍天留意地难私。
当时纣恶彰弥极，一木安能挽阿谁。

话说马元追赶子牙，赶了多时，不能赶上。马元自思：『他骑四不像，我倒跟着他跑？今日不赶他，明日再做区处。』子牙见马元不赶，勒回坐骑，大呼曰：『马元！你敢来这平坦之地与我战三合，吾定擒你！』马元笑曰：『料你有何力量，敢禁我来不赶？』随绰开大步来追。子牙又战三四合，拨骑又走。马元见如此光景，心下大怒，『你敢以诱敌之法惑我！』咬牙切齿赶来，『我今日拿不着你，势不回军！便赶上玉虚宫，也擒了你来。』只管往下赶来。看看至晚，见前面一座山，转过山坡，就不见了子牙。马元见那山甚是险峻。怎见得，有赞为证：

那山真个好山，细看处色斑斑。顶上云飘荡，崖前树影寒。飞鸟睍睆，走兽凶顽。凛凛松千干，挺挺竹几竿。吼叫是苍狼夺食，咆哮是饿虎争飧。野猿常啸寻鲜果，麋鹿攀花上翠岚。风洒洒，水潺潺，暗闻幽鸟语间关。几处藤萝牵又扯，满溪瑶草杂香兰。磷磷怪石，磊磊峰岩。狐狸成群走，猿猴作对顽。行客正愁多险峻，奈何古道又湾还。

话说马元赶子牙，来至一座高山，又不见了子牙，跑的力尽筋酥。天色又晚了，腿又酸了，马元只得倚松靠石，少憩片时，喘息静坐，存气定神，待明日回营，再做道理。不觉将至二更，只听的山顶炮响。正是：

喊声震地如雷吼，灯球火把满山排。

马元抬头观看，见山顶上姜子牙同着武王在马上传杯，两边将校一片大叫：『今夜马元已落圈套，死无葬身之地！』马元听得大怒，跃身而起，提剑赶上山来。及至山上来看，见火把一晃，不见了子牙。马元睁睛四下里看时，只见山下四面八方，围住山脚，只叫：『不要走了马元！』马元大怒，又赶下山来，又不见了。把马元往来，跑上跑下两头赶，只赶到天明。把马元跑了一夜，甚是艰难辛苦，肚中又饿了，深恨子牙，咬牙切齿，恨不能即时拿子牙方消其恨。自思：『自回营，破了西岐再处。』马元离了高山，往前才走，只听的山凹里有人声唤叫：『疼杀我了！』其声甚是凄楚。马元听得有人声叫喊，急转下山坡，见茂草中睡着一个女子。马元问曰：『你是甚人，在此叫喊？』那女子曰：『老师救命！』马元曰：『你是何人？叫我怎样救你？』妇人答曰：『我是民妇，因回家看亲，中途偶得心气疼，命在旦夕，望老师或在近村人家讨些热汤，搭救残喘，胜造七级浮屠。倘得重生，恩同再造。』马元曰：『小娘子，此处哪里去寻热汤？你终是一死，不若我反化你一斋，实是一举两得。』女子曰：『若救我全生，理当一斋。』马元曰：『不是如此说。我因赶姜子牙，杀了一夜，肚中其实饿了。量你也难活，不若做个人情，化你与我贫道吃了罢。』女人曰：『老师不可说戏话。岂有吃人的理？』马元饿急了，哪里由分说？赶上去一脚，踏住女人胸膛，一脚踏住女人大腿，把剑割开衣服，现出肚皮。马元忙将剑从肚脐内刺将进去。一腔热血滚将出来。马元用手抄着血，连吃了几口；在女人肚里去摸心吃。左摸右摸捞不着，两只手在肚子里摸，只是一腔热血，并无五脏。马元看了，沉思疑惑。正在那里捞，只见正南上梅花鹿上坐一道人仗剑而来。怎见得，有赞为证，赞曰：

双抓髻，云分霭霭；水合袍，紧束丝绦。仙风道骨任逍遥，腹隐许多玄妙。玉虚宫元始门下，十仙首会赴蟠桃。乘鸾跨鹤在碧云霄，天皇氏修仙养道。

话说马元见文殊广法天尊仗剑而来，忙将双手掣出肚皮，不意肚皮竟长完了，把手长在里面，欲待下女人身子，两只脚也长在女人身上。马元无法可施，莫能挣扎。马元蹲在一堆儿，只叫『老师饶命！』文殊广法天尊举剑才待要斩马元，只听得脑后有人叫曰：『道兄剑下留人！』广法天尊回顾，认不得此人是谁：头挽双髻，身穿道服，面黄微须。道人曰：『稽首了！』广法天尊答礼，口称：『道友何处来？有甚事见谕？』道人曰：『元来道兄认不得我。吾有一律，说出便知端的。诗曰：

大觉金仙不二时，西方妙法祖菩提。
不生不灭三三行，全气全神万万慈。
空寂自然随变化，真如本性任为之。
与天同寿庄严体，历劫明心大法师。

贫道乃西方教下准提道人是也。「封神榜」上无马元名讳，此人根行且重，与吾西方有缘，待贫道把他带上西方，成为正果，亦是道兄慈悲，贫道不二门中之幸也。』广法天尊闻言，满面欢喜，大笑曰：『久仰大法，行教西方，莲花现相，舍利元光，真乃高明之客。贫道谨领尊命。』准提道人向前，摩顶受记曰：『道友可惜五行修炼，枉费功夫！不如随我上西方：八德池边，谈讲三乘大法；七宝林下，任你自在逍遥。』马元连声喏喏。准提谢了广法天尊，又将打神鞭交与广法天尊带与子牙，准提同马元回西方。不表。

且说广法天尊回至相府，子牙接见，问处马元一事如何，广法天尊将准提道人的事详细说了一遍，又将打神鞭付与子牙。赤精子在旁，双眉紧皱，对文殊广法天尊曰：『如今殷洪阻挠逆法，恐误子牙拜将之期，如之奈何？』正话间，忽杨戬报曰：『有慈航师伯来见。』三人闻报，忙出府迎接。慈航道人一见，携手上殿。行礼已毕，子牙问曰：『道兄此来，有何见谕？』慈航曰：『专为殷洪而来。』赤精子闻言大喜，便曰：『道兄将何术治之？』慈航道人问子牙曰：『当时破十绝阵，太极图在么？』子牙答曰：『在此。』慈航曰：『若擒殷洪，须是赤精子道兄将太极图，须……如此如此，方能除得此患。』赤精子闻言，心中尚有不忍，因子牙拜将日已近，恐误限期，只得如此，乃对子牙曰：『须得公去，方可成功。』

且说殷洪见马元一去无音，心下不乐，对刘甫、苟章曰：『马道长一去，音信杳无，定非吉兆。明日且与姜尚会战，看是如何，再探马道长消息。』郑伦曰：『不得一场大战，决不能成得大功。』一宿晚景已过。次日早晨，汤

马元饿急了，哪里由分说？赶上去一脚，踏住女人胸膛，一脚踏住女人大腿，把剑割开衣服，现出肚皮。

营内大炮响亮，杀声大振，殷洪大队人马，出营至城下，大叫曰：『请子牙答话！』左右报入相府。三道者对子牙曰：『今日公出去，我等定助你成功。』子牙不带诸门人，领一枝人马独自出城，将剑尖指殷洪，大喝曰：『殷洪！你师命不从，今日难免大厄，四肢定成灰飞，悔之晚矣！』殷洪大怒，纵马摇戟来取。子牙手中剑赴面相还。兽马争持，剑戟并举。未及数合，子牙便走，不进城，落荒而逃。殷洪见子牙落荒而走，急忙赶来，随后命刘甫、苟章率众而来。这一回正是：

前边布下天罗网，难免飞灰祸及身。

话说子牙在前边，后随殷洪，过东南，看看到正南上，赤精子看见徒弟赶来，难免此厄，不觉眼中泪落，点头叹曰：『畜生！畜生！今日是你自取此苦。你死后休来怨我。』忙把太极图一抖放开。此图乃包罗万象之宝，化一座金桥。子牙把四不像一纵，上了金桥。殷洪马赶至桥边，见子牙在桥上指殷洪曰：『你赶上桥来，与我见三合否？』殷洪笑曰：『连吾师父在此，吾也不惧；又何怕你之幻术哉。我来了！』把马

一拎，那马上了此图。有诗为证，诗曰：

混沌未分盘古出，太极传下两仪来。
四象无穷真变化，殷洪此际丧飞灰。

话说殷洪上了此图，一时不觉杳杳冥冥，心无定见，百事攒来。心想何事，其事即至。殷洪如梦寐一般，心下想：『莫是有伏兵？』果见伏兵杀来，大杀一阵，就不见了。心下想拿姜子牙；霎时子牙来至，两家又杀一阵。忽然想起朝歌，与父王相会，随即到了朝歌，进了午门，至西宫，见黄娘娘站立，殷洪下拜。忽的又至馨庆宫，又见杨娘娘站立，殷洪口称：『姨母。』杨娘娘不答应。此乃是太极四象，变化无穷之法，心想何物，何物便见；心虑百事，百事即至。只见殷洪左舞右舞，在太极图中如梦如痴。赤精子看看他，师徒之情，数年殷勤，岂知有今日，不觉嗟叹。只见殷洪将到尽头路，又见他生身母亲姜娘娘大叫曰：『殷洪！你看我是谁？』殷洪抬头看时，『呀！元来是母亲姜娘娘！』殷洪不觉失声曰：『母亲！孩儿莫不是与你冥中相会？』姜娘娘曰：『冤家！你不尊师父之言，要保无道而伐有道，又发誓言，开口受刑，出口有愿，当日发誓说四肢成为飞灰，你今日上了太极图，眼下要成灰烬之苦！』殷洪听说，急叫：『母亲救我！』忽然不见了姜娘娘。殷洪慌在一堆。只见赤精子大叫曰：『殷洪！你看我是谁？』殷洪看见师父，泣而告曰：『老师，弟子愿保武王灭纣，望乞救命！』赤精子曰：『此时迟了！你已犯天条，不知见何人叫你改了前盟。』殷洪曰：『弟子因信申公豹之言，故此违了师父之语。望老师慈悲，借得一线之生，怎

封神演义

第六十一回　太极图殷洪绝命

敢再灭前言！』赤精子尚有留恋之意，只见半空中慈航道人叫曰：『天命如此，岂敢有违。毋得误了他进封神台时辰！』赤精子含悲忍泪，只得将太极图一抖，卷在一处拎着，半晌，复一抖，太极图开了，一阵风，殷洪连人带马，化作飞灰去。一道灵魂进封神台来了。有诗为证，诗曰：

殷洪任信申公豹，要伐西岐显大才。
岂知数到皆如此，魂绕封神台畔哀。

话说赤精子见殷洪成了灰烬，放声哭曰：『太华山再无人养道修真。见吾将门下这样如此，可为疼心！』慈航道人曰：『道兄差矣！马元「封神榜」上无名，自然有救拔苦恼之人；殷洪事该如此，何必嗟叹。』三位道者复进相府。子牙感谢。三位道人作辞：『贫道只等子牙吉辰，再来饯东征。』三道人别子牙回去。不表。

且言苏侯听得殷洪绝了，又有探马报入营中曰：『禀元帅：殷殿下赶姜子牙，只一道金光就不见了。』郑伦与刘甫、苟章打听，不知所往。且说苏侯暗与子苏全忠商议曰：『我如今暗修书一封，你射进城去，明日请姜丞相劫营，我和你将家眷先进西岐西门，吾等不管他是与非，将郑伦等一齐拿解见姜丞相，以赎前罪。此事不可迟误！』苏全忠曰：『若不是吕岳、殷洪，我等父子进西岐多时矣。』苏侯忙修书，命全忠黄夜将书穿在箭上，射入城中。那日是南宫适巡城，看见箭上有书，知是苏侯的，忙下城，进相府来，将书呈与姜子牙。子牙拆开观看，书曰：

征西元戎、冀州侯苏护百叩顿首姜丞相麾下：护虽奉敕征讨，心已归周久矣。兵至西岐，急欲投戈麾下，执鞭

役使。孰知天违人愿，致有殷洪、马元抗逆，今已授首；惟佐贰郑伦执迷不悟，尚自屡犯天条，获罪如山。护父子自思，非天兵压寨，不能剿强诛逆。今特敬修尺一，望丞相早发大兵，今夜劫营。护父子乘机可将巨恶擒解施行。但愿早归圣主，共伐独夫，洗苏门一身之冤，见护虔诚至意，虽肝脑涂地，护之愿毕矣。谨此上启，苏护九顿。

话说子牙看书大喜。次日午时发令：『命黄飞虎父子五人作前队；邓九公冲左营；南宫适冲右营；令哪吒压降。』且说郑伦与刘甫、苟章回见苏护，曰：『不幸殷殿下遭于恶手，如今须得本上朝歌，面君请援，方能成功。』苏护只是口应：『俟明日区处。』诸人散入各帐房去了。苏侯暗暗打点今夜进西岐。不题。郑伦哪里知道？正是：

挖下战坑擒虎豹，满天张网等蛟龙。

话说西岐傍晚，将近黄昏时候，三路兵收拾出城埋伏。伺至二更时分，一声炮响，黄飞虎父子兵冲进营来，并无摭挡；左有邓九公，右有南宫适，三路齐进。郑伦急上火眼金睛兽，拎降魔杵往大辕门来，正遇黄家父子五骑，大战在一处，难解难分。邓九公冲左营，刘甫大呼曰：『贼将慢来！』南宫适进右营，正遇苟章，接住厮杀。西岐城开门，发大队人马来接应，只杀得地沸天翻。苏家父子已往西岐城西门进去了。邓九公与刘甫大战，刘甫非九公敌手，被九公一刀砍于马下。南宫适战苟章，展开刀法，苟章招架不住，拨马就走，正遇黄天祥，不及提防，被黄天祥刺斜里一枪挑于马下。二将灵魂已往封神台去了。众将官把一个成汤大营杀的瓦解星散。单剩郑伦力抵众将。不防邓九公从旁边将刀一盖，降魔杵磕定不能起，被九公抓住袍带，拎过鞍鞒，往地上摔。两边士卒将郑伦绳缠索绑，捆将起

来。西岐城一夜闹嚷嚷的，直到天明。子牙升了银安殿，聚将鼓响，众将上殿参谒，然后黄飞虎父子回令。邓九公回令：斩刘甫，擒郑伦。南宫适回令：大战苟章败走，遇黄天祥枪刺而绝。又报：『苏护听令。』子牙传令：『请来。』苏家父子进见子牙，方欲行礼，子牙曰：『请起叙话。君侯大德，仁义素布海内，不是小忠小信之夫，识时务，弃暗投明，审祸福，择主而仕，宁弃椒房之宠，以洗万世污名，真英雄也！不才无不敬羡！』苏护父子答曰：『不才父子多有罪戾，蒙丞相曲赐生全，愧感无地！』彼此逊谢。言毕，子牙传令：『把郑伦推来。』众军校把郑伦蜂拥推至檐前。郑伦立而不跪，睁眼不语，有恨不能吞苏侯之意。子牙曰：『郑伦，谅你有多大本领，屡屡抗拒？今已被擒，何不屈膝求生，尚敢大廷抗礼！』郑伦大喝曰：『无知匹夫！吾与尔身为敌国，恨不得生擒尔等叛逆，解往朝歌，以正国法。今不幸，吾主帅同谋，误被尔擒，有死而已，何必多言！』子牙命左右：『推去斩讫号令！』众军校将郑伦推出相府，只等行刑牌出。只见苏侯向前跪而言曰：『启丞相：郑伦违抗天威，理宜正法；但此人实是忠义，似还是可用之人。况此人胸中奇术，一将难求，望丞相赦其小过，怜而用之，亦古人释怨用仇之意。乞丞相海涵！』子牙扶起苏侯，笑曰：『吾知郑将军忠义，乃可用之人，特激之，使将军说之耳，易于见听。今将军既肯如此，老夫敢不如命。』苏护闻言大喜，领令出府，至郑伦面前。郑伦见苏侯前来，低首不语。苏护曰：『郑将军，你为何执迷而不悟？尝言，识时务者呼为俊杰。今国君无道，天愁民怨，四海分崩，生民涂炭，刀兵不歇，天下无不思叛，正天之欲绝殷商也。今周武以德行仁，推诚待士，泽及无告，民安物阜，三分有二归周，其天意可知。子

众将官把一个成汤大营杀的瓦解星散。单剩郑伦力抵众将。

牙不久东征，吊民伐罪，独夫授首，又谁能挽此愆尤也！将军可速早回头，我与你告过姜丞相，容你纳降，真不失君子见机而作；不然，徒死无益。』郑伦长吁不语。苏护复说曰：『郑将军，非我苦苦劝你，可惜你有大将之才，死非其所。你说「忠臣不事二君」，今天下诸侯归周，难道都是不忠的？难道武成王黄飞虎、邓九公俱是不忠的？必是君失其道，便不可为民之父母，而残贼之人称为独夫。今天下叛乱，是纣王自绝于天。况古云：「良禽择木，贤臣择主。」将军可自三思，毋徒伊戚。天子征伐西岐，其艺术高明之士，经天纬地之才者，至此皆化为乌有，此岂是力为之哉。况子牙门下，多少高明之士，道术精奇之人，岂是草草罢了。郑将军不可执迷，当听吾言，后面有无限受用，不可以小忠小谅而已。』郑伦被苏护一篇言语，说得如梦初觉，如醉方醒，长叹曰：『不才非君侯之言，几误用一番精神。只是吾屡有触犯，恐子牙门下诸将不能相容耳。』苏护曰：『姜丞相量如沧海，何细流之不纳。丞相门下，皆有道之士，何不见容。将军休得错用念头。待我禀过丞相就

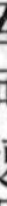

是。』苏护至殿前打躬曰：『郑伦被末将一番说肯归降，奈彼曾有小过，恐丞相门下诸人不能相容耳。』子牙笑曰：『当日是彼此敌国，各为其主；今肯归降，系是一家，何嫌隙之有。』忙令左右传令：『将郑伦放了，衣冠相见。』少时，郑伦整衣冠，至殿前下拜，曰：『末将逆天，不识时务，致劳丞相筹画；今既被擒，又蒙赦宥，此德此恩，没齿不忘矣！』子牙忙降阶扶起慰之曰：『将军忠心义胆，不佞识之久矣。但纣王无道，自绝于天，非臣子之不忠心于国也。吾主下贤礼士，将军当安心为国，毋得以嫌隙自疑耳。』郑伦再三拜谢。子牙遂引苏侯等至殿内，朝见武王。行礼称臣毕，王曰：『相父有何奏章？』子牙启曰：『冀州侯苏护今已归降，特来朝见。』武王宣苏护上殿，慰曰：『孤守西岐，克尽臣节，未敢逆天行事；不知何故，累辱王师。今卿等既舍纣归孤，暂住西土。孤与卿等当共修臣节，以俟天子修德，再为商议。相父与孤代劳，设宴待之。』子牙领旨。苏侯人马尽行入城，西岐云集群雄。不题。

且言汜水关韩荣闻得此报大惊，忙差官修本赴朝歌城来。不知吉凶如何，且听下回分解。

第六十二回　张山李锦伐西岐

诗曰：

抢攘兵戈日不宁，生民涂炭白零星。
甘驱苍赤填沟壑，忍令脂膏实羽翎。
战士有心勤国主，彼苍无意固皇扃。
只因大劫人多难，致使西岐杀戮腥。

话说差官一路无词，来到朝歌城，至馆驿中歇下。次日，进午门，至文书房。那日是中大夫方景春看本，忽然接着看时，见苏护已降岐周，方景春点首骂曰：『老匹夫！一门尽受天子宠眷，不思报本，今日反降叛逆，真狗彘之不若！』遂抱本入内庭，问侍御官曰：『天子在何处？』左右侍御对曰：『在摘星楼。』方景春竟至楼下候旨。左右启上天子。纣王闻奏，宣上楼，朝贺毕，王曰：『大夫有何奏章？』方景春奏曰：『汜水关总兵官韩荣具本到都城，奏为冀州侯苏护世受椒房之贵，满门叨其恩宠，不思报国，反降叛逆，深负圣恩，法纪安在？具本中奏。臣未敢擅便，请旨定夺。』纣王见奏大惊曰：『苏护乃朕心腹之臣，贵戚之卿，如何一旦反降周助恶，情殊痛恨！大夫暂退，朕自理会。』方景春下楼。纣王宣苏皇后。妲己在御屏后，已听知此事，闻宣，竟至纣王御案前，双膝跪下，两泪如珠，娇声软语，泣而奏曰：『妾在深宫，荷蒙圣上恩宠，粉骨难消。不知父亲受何人唆使，反降叛逆，罪恶通天，法当族诛，情无可赦。愿陛下斩妲己之首，悬于都城，以谢天下。庶百官万姓知陛下圣明，乾纲在握，守祖宗成法，不私贵幸，正妾之报陛下恩遇之荣，死有余幸矣。』道罢，将香肌伏在纣王膝上，相偎相倚，悲悲泣泣，泪雨如注。纣王见妲己泪流满面，娇啼婉转，真如带雨梨花，啼春娇鸟，纣王见如此态度，更觉动情，用手挽起，口称：『御妻，汝父反朕，你在深宫，如何得知？何罪之有？赐卿平身，毋得自戚，有损花容。纵朕将江山尽失，也与爱卿无干。幸宜自爱。』妲己谢恩。纣王次日升九间殿，聚众文武，曰：『苏侯叛朕归周，情实痛恨！谁与孤代劳伐周，将苏护并叛逆众人拿解朕躬，以正其罪？』班中闪出一员大臣，乃上大夫李定，进前奏曰：『姜尚足智多谋，知人善使，故所到者非败则降，累辱王师，大为不轨。若不择人而用，速正厥罪，则天下诸侯皆观望效尤，何以惩将来！臣举大元戎张山，久于用兵，慎事虑谋，可堪斯任，庶几不辱君命。』纣王闻奏大喜，即命传诏赍发，差官往三山关来。使命离了朝歌，一路上无词。一日到了三山关馆驿歇下。次日传与管关元帅张山同钱保、李锦等来馆驿，接了圣旨，至府堂上焚香案，跪听开读诏敕。

诏曰：征伐虽在于天子，功成又在阃外元戎。姬发猖獗，大恶难驱，屡战失机，情殊痛恨！朕欲亲往讨贼，百司谏阻。兹尔张山，素有才望。上大夫李定等特荐卿得专征伐。尔其用心料理，克振壮猷，毋负朕倚托之重，俟旋凯之日，朕决不食言，以吝此茅土之赏。尔其钦哉！特诏。

钦差官读罢诏旨，众官谢恩毕，管待使臣，打发回朝歌。张山等候交代官洪锦，交割事体明白，方好进兵。

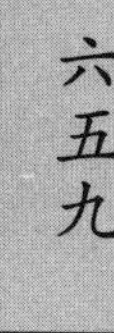

一日，洪锦到任。张山起兵，领人马十万，左右先行乃钱保、李锦；佐贰乃马德、桑元。一路上人喊马嘶，正值初夏天气，风和日暖，梅雨霏霏，真好光景。怎见得，有诗为证：

冉冉绿阴密，风轻燕引雏。新荷翻沼面，修竹渐扶苏。
芳草连天碧，山花遍地铺。溪边蒲插剑，榴火壮行图。
何时了王事，镇日醉呼卢。

话言张山人马一路晚住晓行，也受了些饥餐渴饮，鞍马奔驰。不一日，来到西岐北门。左右报入行营：『禀元帅：前哨人马已至岐周北门。』张山传令：『安营。』一声炮响，三军呐喊，绞起中军帐来。张山坐定，只见钱保、李锦上帐参谒。钱保曰：『兵行百里，不战自疲，请主将定夺。』张山谓二将曰：『将军之言甚善。姜尚乃智谋之士，不可轻敌。况吾师远来，利在速战。今且暂歇息军士，吾明日自有调用。』二将应诺而退。

且言子牙在西岐，日日与众门人共议拜将之期，命黄飞虎造大红旗帜，不要杂色。黄飞虎曰：『旗号乃三军眼目。旗分五色，原为按五方之位次，使三军知左右前后，进退攻击之法，不得错乱队伍。若纯是一色红旗，则三军不知东南西北，何以知进退趋避之方？犹恐不便。或其中另有妙用？乞丞相一一教之。』子牙笑曰：『将军实不知其故耳。红者火也。今主上所居之地乃是西方，此地原自属金，非借火炼，寒金岂能为之有用，此正兴周之兆。然于旗上另安号带，须按青、黄、赤、白、黑五色，使三军各自认识，自然不能乱耳。又使敌军一望生疑，莫知其故，自然致

众人正迟疑间，只见探事官报入相府，来报子牙曰：『成汤有人马在北门安营，主将乃是三山关总兵张山。』

败。兵法云：「疑则生乱。」正此故耳。又何不可之有？』黄飞虎打躬谢曰：『丞相妙算如神！』子牙又令辛甲造军器。只见天下八百诸侯又表上西岐，请武王伐纣，会兵于孟津。子牙接表，与众将官商议：『恐武王不肯行。』众人正迟疑间，只见探事官报入相府，来报子牙曰：『成汤有人马在北门安营，主将乃是三山关总兵张山。』子牙听说，忙问邓九公曰：『张山用兵如何？』邓九公曰：『张山原是末将交代官，此人乃一勇之将耳。』正话之时，又报：『有将请战。』子牙传令：『谁去走遭？』邓九公欠身：『末将愿往。』领令出城，见一员战将，如一轮火车，滚至军前。怎见得打扮骁勇，有赞为证，赞曰：

顶上金盔分凤翅，黄金铠挂龙鳞砌。
大红袍上绣团花，丝蛮宝带吞头异。
腰下常悬三尺锋，打阵银锤如猛鸷。
撺山跳涧紫骅骝，斩将钢刀生杀气。
一心分免纣王忧，万古留传在史记。

话说邓九公马至军前，看来者乃是钱保也。邓九公大叫曰：『钱将军，你且回去，请张山出来，吾与他自有话说。』钱保指九公大骂曰：『反贼！纣王有何事负你！朝廷拜你为大将，宠任非轻，不思报本，一旦投降叛逆，真狗彘不若！尚有何面目立于天地之间！』邓九公被数语骂得满面通红，亦骂曰：『钱保！料你一匹夫，有何能处，敢出此大言！你比闻太师何如？况他也不过如此。早受吾一刀，免致三军受苦。』言罢，纵马舞刀，直取钱保。钱保手中刀急架相还。二马盘旋，看一场大战，怎见得：

二将坐鞍鞒，征云透九霄。急取壶中箭，忙拔紫金标。这一个兴心安社稷；那一个用意正天朝。这一个千载垂青史；那一个万载把名标。真如一对狻猊斗，不亚翻江两怪蛟。

话说邓九公大战钱保有三十回合，钱保岂邓九公对手，被九公回马刀劈于马下，枭首级进城，来见子牙，请令定夺。子牙大悦，记功宴贺。不表。只见败兵报与张山说：『钱保被邓九公枭首级进城去了。』张山闻报大怒。次日，亲临阵前，坐名要邓九公答话。报马报入相府，言：『有将请战，要邓将军答话。』邓九公挺身而出。有女邓婵玉愿随压阵。子牙许之。九公同女出城。张山一见邓九公走马至军前，乃大哭曰：『反贼匹夫！国家有何事亏你，背恩忘义，一旦而事敌国，死有余辜！今不倒戈受缚，尚敢恃强，杀朝廷命官。今日拿匹夫解上朝歌，以正大法。』邓九公曰：『你既为大将，上不知天时，下不谙人事，空生在世，可惜衣冠着体，真乃人中之畜生耳！今纣王贪淫无道，残虐不仁，天下诸侯不归纣而归周，天心人意可见。汝尚欲勉强逆天，是自取辱身之祸，与闻太师等枉送性命耳。可听

吾言，下马归周，共伐独夫，拯溺救焚，上顺天心，下酬民愿，自不失封侯之位。若勉强支吾，悔无及矣。』张山大怒，骂曰：『利口匹夫！敢假此无稽之言，惑世诬民，碎尸不足以尽其辜！』摇枪直取。邓九公刀迎面还来，二将相持，一场赌斗。怎见得，有赞为证，赞曰：

轻举擎天手，生死在轮回。往来无定论，叱咤似春雷。一个恨不得平吞你脑袋；一个恨不得活砍你頋腮。只杀得一个天昏地暗没三才，那时节方才两下分开。

话说邓九公与张山大战三十回合，邓九公战张山不下，邓婵玉在后阵，见父亲刀法渐乱，打马兜回，发手一石，把张山脸上打伤，几乎坠马，败进大营。邓九公父女掌得胜鼓进城，入相府报功。不表。

话言张山失机进营，脸上着份，心上甚是急躁，切齿深恨。忽报：『营外有一道人求见。』张山传令：『请来。』只见一道人，头挽双髻，背缚一口宝剑，飘然而至中军，打稽首。张山欠身答礼，尊帐中坐下。道人见张山脸上青肿，问曰：『张将军面上为何着伤？』张山曰：『昨日见阵，偶被女将暗算。』道人忙取药饵敷搽，即时全愈。张山忙问：『老师从何处而来？』道人曰：『吾从蓬莱岛而至。贫道乃羽翼仙也。特为将军来助一臂之力。』张山感谢道人。次日，早至城下，请子牙答话。报马报入相府：『城外有一道人请战。』子牙曰：『原该有三十六路征伐西岐，此来已是三十二路，还有四路未曾来至，我少不得要出去。』忙传令：『排五方队伍。』一声炮响，齐出城来。羽翼仙抬头观看，只见两扇门开，纷纷绕绕，俱是穿红着绿狼虎将；攒攒簇簇，尽是敢勇当先骁骑兵。哪吒对黄天

化；金吒对木吒；韦护对雷震子，杨戬与众门人左右排列保护；中军武成王压阵；子牙坐四不像，走出阵前。见对面一道者，生的形容古怪，尖嘴缩腮，头挽双髻，徐徐而来。怎见得，有赞为证：

头挽双髻，体貌轻扬。皂袍麻履，形异寻常。

嘴如鹰鸷，眼露凶光。葫芦背上，剑佩身藏。

蓬莱怪物，得道无疆。飞腾万里，时歇沧浪。

名为金翅，绰号禽王。

话说子牙拱手言曰：『道友请了！』羽翼仙曰：『请了。』子牙曰：『道友高姓何名？今日会尚有何事吩咐？』羽翼仙答曰：『贫道乃蓬莱岛羽翼仙是也。姜子牙，我且问你：你莫非是昆仑门下元始徒弟，你有何能，对人骂我，欲拔吾翎毛，抽吾筋骨？我与你无涉，你如何这等欺人？』子牙欠身曰：『道友不可错来怪人。我与道友并未曾会过几次，我知道友根底？必有人搬唆，说有甚失礼得罪之处。我与道友未有半面之交，此语从何而来？道友请自三思。』羽翼仙听得此语，低头暗思：『此言大是有理。』乃谓子牙曰：『你话虽有理，只是此语未必无自而来。但说过，你从今百事斟酌，毋得再是如此造次，我与你不得干休。去罢！』子牙方欲勒骑，哪吒听罢大怒：『这泼道焉敢如此放肆，渺视师叔！』登开风火轮，摇枪就刺。羽翼仙笑曰：『元来你仗这些孽障凶顽，敢于欺人！』彻步持剑相交，枪剑并举。黄天化忙催玉麒麟，使双锤，双战道人。雷震子把风雷翅飞起空中，黄金棍往下刷来。土行孙倒拖宾铁棍，来打下三路。杨戬纵马舞三尖刀，前来助战。把羽翼仙围裹垓心。上三路雷震子，中三路哪吒、杨戬、黄天化，下三路土行孙。且说哪吒见羽翼仙了得，先下手祭乾坤圈打来，正中羽翼仙肩甲。道人把眉头一皱，方欲把身逃走，被黄天化回手一攒心钉，把道人右臂打通；又被土行孙把道人腿上打了数下；杨戬复祭哮天犬把羽翼仙夹颈了一口。羽翼仙四下吃亏，大叫一声，借土遁走了。子牙得胜，众门人相随进城。且说羽翼仙吃了许多的亏，把牙一挫，走进营来。张山接住，口称：『老师今日误中奸计，老师反被他着伤。』道人曰：『不妨，吾不曾防备他，故此着了他的手。』羽翼仙忙将花篮中取出丹药，用水吞下一二粒，即时全愈。羽翼仙谓张山曰：『我念「慈悲」二字，倒不肯伤众生之命；他今日反来伤我，是彼自取杀身之祸。』复对张山曰：『可取些酒来，你我痛饮。至更深时，我叫西岐一郡化为渤海。』张山大喜，忙治酒相款。不表。

却说子牙得胜进府，与诸门人将佐商议。忽一阵风把檐瓦刮下数片来。子牙忙焚香炉中，取金钱在手，占卜吉凶，只见排下卦来，把子牙唬得魂不附体，忙沐浴更衣，望昆仑下拜。拜罢，子牙披发仗剑，移北海之水，救护西岐，把城郭罩住。只见昆仑山玉虚宫元始天尊早知详细，用琉璃瓶中三光神水，洒向北海水面之上，又命四偈谛神：『把西岐城护定，不可晃动。』正是：

人君福德安天下，元始先差偈谛神。

话说羽翼仙饮至一更时分，命张山收去了酒，出了辕门，现了本像，乃大鹏金翅雕。张开二翅，飞在空中，把天

也遮黑了半边。好利害！有赞为证。赞曰：

二翅遮天云雾迷，空中响亮似春雷。

曾扇四海俱见底，吃尽龙王海内鱼。

只因怒发西岐难，还是明君福德齐。

羽翼根深归正道，至今万载把名题。

只见大鹏雕飞在空中望下一看，见西岐城是北海水罩住。羽翼仙不觉失声笑曰：『姜尚可谓腐朽，不知我的利害。我欲稍用些须之力，连四海顷刻扇干，岂在此一海之水！』羽翼仙展两翅，用力连扇有七八十扇。他不知此水有三光神水在上面，越扇越长，不见枯涸。羽翼仙自一更时分直扇到五更天气，那水差不多淹着大鹏雕的脚。这一夜将气力用尽，不能成功，不觉大惊，『若再迟延，恐到天明不好看。』自觉惭愧，不好进营来见张山，一怒飞起来，至一座山洞，甚是清奇。怎见得，有赞为证，赞曰：

高峰掩映，怪石嵯峨。奇花瑶草馨香，红杏碧桃艳丽。崖前古树，霜皮溜雨四十围；门外苍松，黛色参天三千尺。双双野鹤，常来洞口舞清风；对对山禽，每向枝头啼白昼。簇簇黄藤如挂索，行行烟柳似垂金。方塘积水，深穴依山。方塘积水，隐千年未变的蛟龙；深穴依山，生万载得道之仙子。果然不亚玄都府，真是神仙出入门。

话说大鹏雕飞至山洞前，见一道人靠着洞边默坐。羽翼仙寻思：『不若将此道人抓来吃了，以为充饥，再作道

大鹏雕方欲扑来，道人用手一指，大鹏雕扑蹋的跌将下地来。

理。』大鹏雕方欲扑来，道人用手一指，大鹏雕扑蹋的跌将下地来。道人探眉擦目，言曰：『你好没礼！你为何来伤我？』羽翼仙曰：『实不相瞒，我去伐西岐，腹中饿了，借你充饥，不知道友仙术精奇，得罪了！』道人曰：『你腹中饥了，问吾一声，我自然指你去。你如何就来害我？甚是非礼。也罢，我说与你知道：离此二百里，有一山，名为紫云崖，有三山五岳，四海道人，俱在那里赴香斋。你速去，恐迟了不便。』大鹏雕谢曰：『承教了。』把二翅飞起，霎时而至，即现仙形。只见高高下下，三三五五一攒，七八一处，都是四海三山道者赴斋。又见一童儿往来捧东西与众道人吃。羽翼仙曰：『道童请了！贫道是来赴斋的。』那童儿听说，『呀』的一声，答曰：『老师来早些方好，如今没有东西了。』羽翼仙曰：『偏我来就没有东西了？』道童答曰：『来早就有，来迟了，东西已尽与众位师父，安能再有？必至明日方可。』羽翼仙曰：『你拣人布施，我偏要吃！』二人嚷将起来。只见一位穿黄的道人向前问曰：『你为何事在此争论？』童儿曰：『此位师父来迟了，

定要吃斋。哪里有了？故此闲讲。』那道人曰：『童儿，你看可有面点心否？』童儿答曰：『点心还有，要斋却没有了。』羽翼仙曰：『就是点心也罢，快取将来。』那童儿忙把点心拿将来，递与羽翼仙。羽翼仙一连吃了七八十个。那童儿曰：『老师可吃了？』羽翼仙曰：『有，还吃得几个。』童儿又取十数个来。羽翼仙共吃了一百零八个。正是：

妙法无边藏秘诀，今番捉住大鹏雕。

话说羽翼仙吃饱了，谢过斋，复现本像，飞起往西岐来，复从那洞府过，道人还坐在那里，望着大鹏雕把手一指，大鹏雕跌将下来，『哎呀』的一声，『跌断肚肠了！』在满地打滚，只叫：『痛杀我也！』不知大鹏雕性命如何，且听下回分解。

第六十三回　申公豹说反殷郊

诗曰：

公豹存心至不良，纣王两子丧疆场。
当初致使殷洪反，今日仍教太岁亡。
长舌惹非成个事，巧言招祸作何忙。
虽然天意应如此，何必区区话短长！

话说羽翼仙在地下打滚，只叫：『疼杀我也！』这道人起身，徐徐行至面前，问曰：『你方才去吃斋，为何如此？』大鹏答曰：『我吃了些面点心，腹中作疼。』道人曰：『吃不着，吐了罢。』大鹏当真的去吐，不觉一吐而出，有鸡子大，白光光的，连绵不断，就象一条银索子，将大鹏的心肝锁住。大鹏觉得异样，及至扯时，又扯得心疼。大鹏甚是惊骇，知是不好消息，欲待转身，只见这道人把脸一抹，大喝一声：『我把你这孽障！你认得我么？』这道人乃是灵鹫山元觉洞燃灯道人。道人骂曰：『你这孽障！姜子牙奉玉虚符命，扶助圣主，戡定祸乱，拯溺救焚，吊民伐罪，你为何反起狼心，连我也要吃？你助恶为虐！』命黄巾力士：『把这孽障吊在大松树上，只等姜子牙伐了纣，那时再放你不迟！』大鹏忙哀诉曰：『老师大发慈悲，赦宥弟子！弟子一时愚昧，被旁人唆使，从今知过，再不敢正眼窥视西岐。』燃灯曰：『你在天皇时得道，如何大运也不知，真假也不识，还听旁人唆使，情真可恨，决

殷郊在殿后听师父呼唤，忙至前殿，见师父行礼。

难恕饶！』大鹏再三哀告曰：『可怜我千年功夫，望老师怜悯！』燃灯曰：『你既肯改邪归正，须当拜我为师，我方可放你。』大鹏连忙极口称道曰：『愿拜老爷为师，修归正果。』燃灯曰：『既然如此，待我放你。』用手一指，那一百零八个念珠还依旧吐出腹中。大鹏遂归燃灯道人，往灵鹫山修行。不表。

话分两头，且说九仙山桃园洞广成子只因犯了杀戒，只在洞中静坐，保摄天和，不理外务。忽有白鹤童子奉玉虚符命，言子牙不日金台拜将，命众门人须至西岐山饯别东征。广成子谢恩，打发白鹤童儿回玉虚去了。道人偶想起殷郊：『如今子牙东征，把殷郊打发他下山，佐子牙东进五关，一则可以见他家之故土，一则可以捉妲己报杀母之深仇。』忙问：『殷郊在哪里？』殷郊在殿后听师父呼唤，忙至前殿，见师父行礼。广成子曰：『方今武王东征，天下诸侯相会孟津，共伐无道，正你报仇泄恨之日。我如今着你前去，助周作前队，你可去么？』殷郊听罢，口称『老师』曰：『弟子虽是纣王之子，实与妲己为仇。父王反信奸言，诛妻杀子，母死无辜，此恨时时在心，刻刻挂念，不能有忘。今日老师大舍慈悲，发付弟子，敢不前往，以图报效，真空生于天地间也。』广成子曰：『你且去桃源洞外狮子崖前，寻了兵器来，我传你些道术，你好下山。』殷郊听说，忙出洞往狮子崖来寻兵器。只见白石桥那边有一洞。怎见得，有《西江月》为证：

门依双轮日月，照耀一望山川。珠渊金井暖含烟，更有许多堪羡。叠叠朱楼画阁，凝凝赤壁青田。三春杨柳九秋莲，兀的洞天罕见。

话说殷郊见石桥南畔有一洞府，兽环朱户，俨若王公第宅。殿下自思：『我从不曾到此，一过桥去，便知端的。』来至洞前，那门虽两扇不推而自开。只见里边有一石几，几上有热气腾腾六七枚豆儿。殷郊拈一个吃了，自觉甘甜香美，非同凡品，『好豆儿，不若一总吃了罢。』刚吃了时，忽然想起：『来寻兵器，如何在此闲玩？』忙出洞来，过了石桥，及至回头，早不见洞府。殿下心疑，不觉浑身骨头响，左边肩头上忽冒出一只手来。殿下着慌，大惊失色。只见右边又是一只。一会儿忽长出三头六臂，把殷郊只唬得目瞪口呆，半晌无语。只见白云童儿来前叫曰：『师兄，师父有请。』殷郊这一会略觉神思清爽，面如蓝靛，发似朱砂，上下獠牙，多生一目，晃晃荡荡，来至洞前。广成子拍掌笑曰：『奇哉！奇哉！仁君有德，天生异人。』命殷郊进洞，至桃园内，广成子传与方天画戟，言曰：『你先下山，前至西岐，我随后就来。』道人取出翻天印、落魂钟、雌雄剑付与殷郊。殷郊即时拜辞下山。广成子曰：『徒弟，你且住。我有一事对你说。吾将此宝尽付与你，须是顺天应人，东进五关，辅周武，兴吊民伐罪之

师，不可改了念头，心下狐疑，有犯天谴，那时悔之晚矣。』殷郊曰：『老师之言差矣！周武明德圣君，吾父荒淫昏虐，岂得错认，有辜师训。弟子如改前言，当受犁锄之厄。』道人大喜。殷郊拜别师尊。正是：

殿下实心扶圣主，只恐旁人起祸殃。

话说殷郊离了九仙山，借土遁往西岐前来。正行之间，不觉那遁光飘飘，落在一座高山。怎见得好山，有赞为证，赞曰：

冲天占地，转日生云。冲天处尖峰矗矗，占地处远脉迢迢。转日的，乃岭头松郁郁；生云的，乃崖下石磷磷。松郁郁，四时八节常青；石磷磷，万年千载不改。林中每听夜猿啼，涧内常见妖蟒过。山禽声咽咽，走兽吼呼呼。山獐山鹿，成双作对纷纷走；山鸦山雀，打阵攒群密密飞。山草山花看不尽，山桃山果应时断。虽然崎险不堪行，却是神仙来往处。

话说殷郊才看山巅险峻之处，只听得林内一声锣响，见一人面如蓝靛，发似朱砂，骑红砂马，金甲红袍，三只眼，拎两根狼牙棒，那马如飞奔上山来，见殷郊三头六臂，也是三只眼，大呼曰：『三首者乃是何人，敢来我山前探望？』殷郊答曰：『吾非别人，乃纣王太子殷郊是也。』那人忙下马，拜伏在地，口称：『千岁为何往此白龙山上过？』殷郊曰：『吾奉师命，往西岐去见姜子牙。』话未曾了，又一人带扇云盔，淡黄袍，点钢枪，白龙马，面如傅粉，三绺长髯，也奔上山来，大呼曰：『此是何人？』蓝脸的道：『快来见殷千岁。』那人也是三只眼，滚鞍下马，拜伏在地。二人同曰：『且请千岁上山，至寨中相见。』三人步行至山寨，进了中堂。二人将殷郊扶在正中交椅上，纳头便拜。殷郊忙扶起，问曰：『二位高姓大名？』那蓝脸的应曰：『末将姓温，名良；那白脸的姓马，名善。』殷郊曰：『吾看二位一表非俗，俱负英雄之志，何不同吾往西岐立功，助武王伐纣？』二人曰：『千岁为何反助周灭纣者何也？』殷郊答曰：『商家气数已尽，周家王气正盛，况吾父得十罪于天下，今天下诸侯应天顺人，以有道伐无道，以无德让有德，此理之常，岂吾家故业哉。』温良、马善曰：『千岁兴言及此，真以天地父母为心，乃丈夫之所为，如千岁者鲜矣。』温良与马善整酒庆喜。殷郊一面吩咐喽罗改作周兵，放火烧了寨栅，随即起兵。殷郊三人同上了马，离了白龙山，往大路进发，径奔西岐而来。正是：

殷郊有意归周主，只怕苍天不可从。

殷郊正行，喽罗报：『启千岁：有一道人骑虎而来，要见千岁。』殷郊闻报，忙吩咐左右旗门官，令：『安下人马，请来相见。』道人下虎进帐。殷郊忙迎将下来打躬，口称：『老师从何而来？』道人曰：『吾乃昆仑门下申公豹是也。殿下往哪里去？』殷郊曰：『吾奉师命，往西岐投拜姬周，姜师叔不久拜将，助他伐纣。』道人笑曰：『我问你，纣王是你甚么人？』殷郊答曰：『是吾父王。』道人曰：『恰又来！世间哪有子助外人而伐父之理！此乃乱伦忤逆之说。你父不久龙归沧海，你原是东宫，自当接成汤之胤，位九五之尊，承帝王之统，岂有反助他人，灭自己社稷，毁自己宗庙，此亘古所未闻者也。且你异日百年之后，将何面目见成汤诸君于在天之灵哉！我见你身藏奇宝，可

两马往还，战有十二三回合，邓九公刀法如神，马善敌不住，被邓九公闪一刀逼开了马善的枪，抓住腰间绦袍，拎过鞍鞒，往下一摔，生擒进城，至相府来见子牙

安天下，形象可定乾坤，当从吾言，可保自己天下，以诛无道周武，是为长策。』殷郊答曰：『老师之言虽是，奈天数已定，吾父无道，天命人心已离，周主当兴，吾何敢逆天哉！况姜子牙有将相之才，仁德数布于天下，诸侯无不响应。我老师曾吩咐我下山助姜师叔东进五关，吾何敢有背师言，此事断难从命。』申公豹暗想：『此言犯不动他，也罢，再犯他一场，看他如何。』申公豹又曰：『殿殿下，你言姜尚有德，他的德在哪里？』殷郊曰：『姜子牙为人公平正直，礼贤下士，仁义慈祥，乃良心君子，道德丈夫，天下服从，何得小视他。』申公豹曰：『殿下有所不知。吾闻有德不灭人之彝伦，不戕人之天性，不妄杀无辜，不矜功自伐。殿下之父亲固得罪于天下，可与为仇；殿下之胞弟殷洪，闻说他也下山助周，岂意他欲邀己功，竟将殿下亲弟用太极图化成飞灰，此还是有德之人做的事，无德之人做的事？今殿下忘手足而事仇敌，吾为殿下不取也。』殷郊闻言大惊曰：『老师，此事可真？』道人曰：『天下尽知，难道吾有诳语。实对你说，如今张山现在西岐住扎人

马，你只问他。如果殷洪无此事，你再进西岐不迟；如有此事，你当为弟报仇。我今与你再请一高人，来助你一臂之力。」申公豹跨虎而去。殷郊甚是疑惑，只得把人马催动，径往西岐。殷郊一路上沉吟思想：「吾弟与天下无仇，如何将他如此处治，必无此事。若是姜子牙将吾弟果然如此，我与姜尚誓不两立，必定为弟报仇，再图别议。」人马在路，非止一日，来至西岐，果然有一枝人马打商汤旗号在此住扎。殷郊令温良前去营里去问：「果是张山否？」话说张山自羽翼仙当晚去后，两日不见回来，差人打探，不得实信。正纳闷间，忽军政官来报：「营外有一大将，口称『请元帅接千岁大驾』，不知何故，请元帅定夺。」张山闻报，不知其故，沉思：「殿下久已失亡，此处是哪里来的？」忙传令：「令来。」军政官出营对来将曰：「元帅令将军相见。」温良进营来见张山，打躬。张山问曰：「将军自何处而来？有何见谕？」温良答曰：「吾奉殷郊千岁令旨，令将军相见。」张山对李锦曰：「殿下久已失亡，如何此处反有殿下？」李锦在旁曰：「只恐是真。元戎可往相见，看其真伪，再做区处。」张山从其言，同李锦出营，来至军前。温良先进营回话，对殷郊曰：「张山到了。」殷郊曰：「令来。」张山进营，见殷郊三首六臂，像貌凶恶；左右立温良、马善，都是三只眼。张山问曰：「启殿下：是成汤哪枝宗派？」殷郊曰：「吾乃当今长殿下殷郊是也。」因将前事诉说一番。张山闻言，不觉大悦，忙行礼，口称：「千岁。」殷郊曰：「你可知道二殿下殷洪的事？」张山答曰：「二千岁因伐西岐，被姜尚用太极图化作飞灰多日矣。」殷郊听罢，大叫一声，昏倒在地。众人扶起。放声大哭曰：「兄弟果死于恶人之手！」跃身而起，将令箭一枝折为两段，曰：「若不杀姜尚，誓与此箭相

同！』次日，殷郊亲自出马，坐名只要姜尚出来。报马报入城中，进相府报曰：『城外有殷郊殿下请丞相答话。』子牙传令：『军士排队伍出城。』一炮声响处，西岐门开，一对对英雄似虎，一双双战马如飞，左右列各洞门人。子牙见对营门一人，三首六臂，青面獠牙；左右二骑乃温良、马善，各持兵器。哪吒暗笑：『三人九只眼，多了个半人！』殷郊走马至军前，叫：『姜尚出来见我！』子牙向前曰：『来者何人！』殷郊大喝曰：『吾乃长殿下殷郊是也！你将吾弟殷洪用太极图化作飞灰，此恨如何消歇！』子牙不知其中缘故，应声曰：『彼自取死，与我何干。』殷郊听罢，大叫一声，几乎气绝，大怒曰：『好匹夫！尚说与你无干！』纵马摇戟来取。旁有哪吒登开风火轮，将火尖枪直取殷郊。轮马相交，未及数合，被殷郊一翻天印把哪吒打下风火轮来。黄天化见哪吒失机，催开了玉麒麟，使两柄银锤，敌住了殷郊。子牙左右救回哪吒。黄天化不知殷郊有落魂钟。殷郊摇动了钟，黄天化坐不住鞍鞒，跌将下来。张山走马将黄天化拿了。及至上了绳索，黄天化方知被捉。黄飞虎见子被擒，催开五色神牛来战。殷郊也不答话，枪戟并举，又战数合，摇动落魂钟，黄飞虎也撞下神牛，早被马善、温良捉去。杨戬在旁见殷郊祭翻天印、摇落魂钟，恐伤了子牙，不当稳便，忙鸣金收回队伍。子牙忙令军士进城，坐在殿上纳闷。杨戬上殿奏曰：『师叔，如今又是一场古怪事出来！』子牙曰：『有甚古怪？』杨戬曰：『弟子看殷郊打哪吒的是翻天印：此宝乃广成子师伯的，如何反把于殷郊？』子牙曰：『难道广成子使他来伐我？』杨戬曰：『殷洪之故事，师叔独忘之乎？』子牙方悟。

且说殷郊将黄家父子拿至中军。黄飞虎细观不是殷郊。殷郊问曰：『你是何人？』黄飞虎曰：『吾乃武成王黄飞

虎是也。』殷郊曰：『西岐也有武成王黄飞虎？』张山在旁坐，欠身答曰：『此就是天子殿前黄飞虎。他反了五关，投归周武，为此叛逆，惹下刀兵。今已被擒，正所谓「天网恢恢，疏而不漏」，是彼自取死耳。』殷郊闻言，忙下帐来，亲解其索，口称：『恩人，昔日若非将军，焉能保其今日。』忙问飞虎曰：『此人是谁？』黄飞虎答曰：『此吾长子黄天化。』殷郊急传令也放了；因对飞虎曰：『昔日将军救吾兄弟二人；今日我放你父子，以报前德。』黄飞虎感谢毕，因问曰：『千岁当时风刮去，却在何处？』殷郊不肯说出根本，恐泄了机密，乃朦胧应曰：『当日乃海岛仙家救我，在山学业，今特下山，来报吾弟之仇。今日吾已报过将军大德，倘后见战，幸为回避。如再被擒，必正国法。』黄家父子告辞出营，至城下叫门。把门军官见是黄家父子，忙开城门放入。父子进相府来见子牙，尽言其事。

子牙大喜。次日，探马来报：『有将请战。』子牙问：『谁人去走一遭？』旁有邓九公愿往。子牙许之。邓九公领令出府，上马提刀，开放城门，见一将白马长枪，穿淡黄袍。怎见得：

戴一顶扇云冠，光芒四射；黄花袍，紫气盘旋；银叶甲，辉煌灿烂；三股绦，身后交加；白龙马追风赶日；杵白枪大蟒顽蛇。修行在仙山洞府，成道行有正无邪。

话说邓九公大呼曰：『来者何人？』马善曰：『吾乃大将马善是也。』邓九公也不通姓名，纵马舞刀，飞来直取。马善枪劈面相迎。两马往还，战有十二三回合，邓九公刀法如神，马善敌不住，被邓九公闪一刀逼开了马善的枪，抓住腰间绦袍，拎过鞍鞒，往下一摔，生擒进城，至相府来见子牙。子牙问曰：『将军胜负如何？』九公曰：

『擒了一将，名唤马善，今在府前，候丞相将令。』子牙命：『推来。』少时，将马善推至殿前。那人全不畏惧，立而不跪。子牙曰：『既已被擒，何不屈膝？』马善大笑，骂曰：『老匹夫！你乃叛国逆贼。吾既被擒，要杀就杀，何必多言！』子牙大怒，令：『推出府斩讫报来！』南宫适为监斩官，推至府前，只见行刑箭出，南宫适手起一刀，犹如削菜一般。正是：

钢刀随过随时长，如同切水一般同。

南宫适看见大惊，忙进相府回令曰：『启丞相：异事非常！』子牙问曰：『有甚话说？』南宫适曰：『奉令将马善连斩三刀，这边过刀，那边长完，不知有何幻术，请丞相定夺。』子牙听报大惊，忙同诸将出府来，亲见动手，也是一般。旁有韦护祭起降魔杵打将下来，正中马善顶门，只打的一派金光，就地散开。韦护收回杵，还是人形。众门人大惊，只叫：『古怪！』子牙无计可施，命众门人：『借三昧真火烧这妖物！』旁有哪吒、金木二吒、雷震子、黄天化、韦护，运动三昧真火焚之。马善乘火光一起，大笑曰：『吾去也！』杨戬看见火光中走了马善。子牙心下不乐。各回府中，商议不题。且言马善走回营来见殷郊，尽言擒去，怎样斩他，怎样放火焚他，『末将借火光而回。』殷郊闻言大喜。子牙在府中沉思。只见杨戬上殿，对子牙曰：『弟子往九仙山探听虚实，看是如何。二则再往终南山，见云中子师叔，去借照妖鉴来，看马善是甚么东西，方可治之。』子牙许之。杨戬离了西岐，借土遁径往九仙山来；不一时，顷刻已至桃园洞，来见广成子。杨戬行礼，口称：『师叔。』广成子曰：『前日令殷

郊下山，到西岐同子牙伐纣，好三首六臂么？候拜将日，再来嘱他。』杨戬曰：『如今殷郊不伐朝歌，反伐西岐，把师叔的翻天印打伤了哪吒诸人，横行狂暴。弟子奉子牙之命，特来探其虚实。』广成子闻言，大叫：『这畜生有背师言，定遭不测之祸！但吾把洞内宝珍尽付与他，谁知今日之变。』叫杨戬：『你且先回，我随后就来。』杨戬离了九仙山，径往终南山来，须臾而至。进洞府，见云中子行礼，口称：『师叔，今西岐来了一人，名曰马善，诛斩不得，水火亦不能伤他，不知何物作怪，特借老师照妖鉴一用，俟除此妖邪，即当奉上。』云中子听说，即将宝鉴付与杨戬。杨戬离了终南山，往西岐来，至相府，参谒子牙。子牙问曰：『杨戬，你往九仙山见广成子，此事如何？』杨戬把上项事情一一诉说一遍，又将取照妖鉴来的事亦说了一遍。令：『明日可会马善。』次日，杨戬上马提刀，来营前请战，坐名只要马善出来。探马报入中军。殷郊命马善出营。马善至军前。杨戬暗取宝鉴照之，乃是一点灯头儿在里面晃。杨戬收了宝鉴，纵马舞刀，直取马善。二马相交，刀枪并举。战有二三十回合，杨戬拨马就走。马善不赶，回营来见殷郊回话：『与杨戬交战，那厮败走，末将不去赶他。』殷郊曰：『知己知彼，此是兵家要决。此行是也。』

且言杨戬回营进府来。子牙问曰：『马善乃何物作怪？』杨戬答曰：『弟子照马善，乃是一点灯头儿，不知详细。』旁有韦护曰：『世间有三处，有三盏灯：玄都洞八景宫有一盏灯；玉虚宫有一盏灯；灵鹫山有一盏灯。莫非就是此灯作怪？杨道兄可往三处一看，便知端的。』杨戬欣然欲往。子牙许之。杨戬离了西岐，先往玉虚宫而来，驾着

土遁而走。正是：

风声响处行千里，一饭功夫至玉虚。

话说杨戬自不曾至昆仑山，今见景致非常，只得玩赏。怎见得：

珍珠玉阁，上界昆仑。谷虚繁地籁，境寂散天香。青松带雨遮高阁，翠竹依稀两道旁。霞光缥缈，彩色飘飘。朱栏碧槛，画栋雕檐。谈经香满座，静闭月当窗。鸟鸣丹树内，鹤饮石泉旁。四时不谢奇花草，金殿门开射赤光。楼台隐现祥云里，玉磬金钟声韵长。珠帘半卷，炉内烟香。讲动『黄庭』方入圣，万仙总领镇东方。

话说杨戬至麒麟崖，看罢昆仑景致，不敢擅入，立于宫外，等候多时；只见白鹤童子出宫来，杨戬上前施礼，口称：『师兄，弟子杨戬借问老爷面前琉璃灯可曾点着？』白鹤童儿答曰：『点着哩。』杨戬自思：『此处点着，想不是这里，且往灵鹫山去。』彼时离了玉虚，径往灵鹫山来。好快！正是：

驾雾腾云仙体轻，玄门须仗五行行。

周游寰宇须臾至，才离昆仑又玉京。

杨戬进元觉洞，倒身下拜，口称：『老师，弟子杨戬拜见。』燃灯问曰：『你来做甚么？』杨戬答曰：『老爷面前的琉璃灯灭了。』道人抬头看见灯灭了，『呀』的一声，『这孽障走了！』杨戬把上件事说了一遍。燃灯曰：『你先去，我随即就来。』杨戬别了燃灯，借土遁径归西岐，至相府，来见子牙，将至玉虚见燃灯事说了一遍：『……燃

灯老师随后就来。』子牙大喜。正言之间，门官报：『广成子至。』子牙迎接至殿前。广成子对子牙谢罪曰：『贫道不知有此大变，岂意殷郊反了念头，吾之罪也。待吾出去，招他来见。』广成子随即出城，至营前大呼曰：『传与殷郊，快来见我！』不知后事如何，且听下回分解。

第六十四回　罗宣火焚西岐城

诗曰：

离宫原是火之精，配合干支在丙丁。
烈石焚山情更恶，流金烁海势偏横。
在天列曜人君畏，入地藏形万姓惊。
不是罗宣能作难，只因西土降仙卿。

话说探马报入中军：『启千岁：有一道人请千岁答话。』殷郊暗想：『莫不是吾师来此？』随即出营，果然是广成子。殷郊在马上欠身言曰：『老师，弟子甲胄在身，不敢叩见。』广成子见殷郊身穿王服，大喝曰：『畜生！不记得山前是怎样话！你今日为何改了念头？』殷郊泣诉曰：『老师在上，听弟子所陈：弟子领命下山，又收了温良、马善。中途遇着申公豹，说弟子保纣伐周，弟子岂肯有负师言。弟子知吾父残虐不仁，肆行无道，固得罪于天下，弟子不敢有违天命；只吾幼弟又得何罪，竟将太极图把他化作飞灰！他与你何仇，遭此惨死！此岂有仁心者所为，此岂以德行仁之主！言之痛心刺骨！老师反欲我事仇，是诚何心！』殷郊言罢，放声大哭。广成子曰：『殷郊，你不知申公豹与子牙有隙，他是诳你之言，不可深信。此事乃汝弟自取，实是天数。』殷郊曰：『申公豹之言固不可信，吾弟之死，又是天数，终不然是吾弟自走入太极图中去，寻此惨酷极刑。老师说得好笑！今见存弟亡，实为可惨。老师请回，俟弟子杀了姜尚以报弟仇，再议东征。』广成子曰：『你可记得发下誓言？』殷郊曰：『弟子知道。就受了此厄，死也甘心，决不愿独自偷生！』广成子大怒，喝一声，仗剑来取。殷郊用戟架住：『老师，没来由你为姜尚与弟子变颜，实系偏心；倘一时失礼，不好看相。』广成子又一剑劈来。殷郊曰：『老师何苦为他人不顾自己天性，则老师所谓「天道、人道」，俱是矫强。』广成子曰：『此是天数，你自不悔悟，违背师言，必有杀身之祸！』复又一剑砍来。殷郊急得满面通红，曰：『你既无情待我，偏执己见，自坏手足，弟子也顾不得了！』乃发手还一戟来。师徒二人战未及四五合，殷郊祭翻天印打来。广成子着慌，借纵地金光法逃回西岐至相府。正是：

翻天印传殷殿下，岂知今日打师尊。

话言广成子回相府，子牙迎着，见广成子面色不似平日，忙问今日会殷郊详细。广成子曰：『彼被申公豹说反。吾再三苦劝，彼竟不从，是吾怒起，与他交战。那孽障反祭翻天印来打我，吾故此回来，再做商议。』子牙不知翻天印的利害，正说之间，门官报：『燃灯老爷来至。』二人忙出府迎接。至殿前，燃灯对子牙曰：『连吾的琉璃灯也来寻你一番，俱是天数。』子牙曰：『尚该如此，理当受之。』燃灯曰：『殷郊的事大，马善的事小，待吾先收了马善，再做道理。』乃谓子牙曰：『你须得……如此如此，方可收服。』子牙俱依此计。次日，子牙单人独骑出城，坐名『只要马善来见我！』左右报马报入中军：『启千岁爷：姜子牙独骑出城，只

要马善出战。』殷郊自思：『昨日吾师出城见我，未曾取胜。今日令子牙单骑出城要马善，必有缘故。且令马善出战，看是何如。』马善得令，拎枪上马，出辕门，也不答话，直取子牙。子牙手中剑赴面相迎。未及数合，子牙也不归营，望东南上逃走。马善不知他的本主等他，随后赶来。未及数射之地，只见柳阴之下立着一个道人，让过子牙，当中阻住，大喝曰：『马善！你可认得我？』马善只推不知，就一枪来刺。燃灯袖内取出梳璃望空中祭起，那梳璃望下掉来。马善抬头看见，及待躲时，燃灯忙令黄巾力士：『可将灯焰带回灵鹫山去。』正是：

仙灯得道现人形，反本还元归正位。

话言燃灯收了马善，令力士带上灵鹫山去了。不题。

且说探马来报入中军：『启千岁：马善追赶姜尚，只见一阵光华，止有战马，不见了马善。未敢擅专，请令定夺。』殷郊闻报，心下疑惑，随传令：『点炮出营，定与子牙立决雌雄。』只见燃灯收了马善，方回来与广成子共议：『殷郊被申公豹说反，如之奈何？』正说之间，探马报入相府：『有殷殿下请丞相答话。』燃灯曰：『子牙公，你去得。你有杏黄旗，可保其身。』子牙忙传令，同众门人出城。炮声响亮，西岐门开。子牙一骑当先，对殷郊言曰：『殷郊，你负师命，难免犁锄之厄。及早投戈，免得自悔。』殷郊大怒，见了仇人，切齿咬牙，大骂：『匹夫把吾弟化为飞灰，我与你誓不两立！』纵马摇戟，直取子牙。子牙仗剑迎之。戟剑交加，大战龙潭虎穴。且说温良走马来助，这壁厢哪吒登开风火轮接住交兵。两下里只杀得：

黑霭霭云迷白日，闹嚷嚷杀气遮天。枪刀剑戟冒征烟，阔斧犹如闪电。好勇的成功建业，恃强的努力当先。为明君不怕就死，报国恩欲把身捐。只杀得一团白骨见青天，那时节方才收军罢战。

且说温良祭起白玉环来打哪吒，不知哪吒也有乾坤圈，也祭起来；不知金打玉，打得纷纷粉碎。温良大叫一声：『伤吾之宝，怎肯干休！』又战哪吒。被哪吒一金砖正中后心，打得往前一晃，未曾闪下马来；方欲逃回，不意被杨戬一弹子，穿了肩头，跌下马去，死于非命。殷郊见温良死于马下，忙祭翻天印打子牙。子牙展开杏黄旗，便有万道金光，祥云笼罩；又现有千朵白莲，谨护其身，把翻天印悬在空中，只是不得下来。子牙随祭打神鞭，正中殷郊后背，翻筋斗落下马去。杨戬急上前欲斩他首级，有张山、李锦二骑抢出，不知殷郊已借土遁去了。子牙竟获全胜进城，燃灯与广成子共议曰：『翻天印难治。且子牙拜将已近，恐误吉辰，罪归于你。』广成子告曰：『老师为我设一谋，如何除得此恶？』燃灯曰：『无筹可治，奈何！奈何！』

且说殷郊着伤逃回进营，纳闷郁郁不喜。且说辕门外来一道人，戴鱼尾冠，面如重枣，海下赤髯，红发，三目，穿大红八卦服，骑赤烟驹。道人下骑，叫：『报与殷殿下，吾要见他。』军政官报入中军：『启千岁：外边有一道者求见。』殷郊传令：『请来。』少时，道人行至帐前。殷郊看见，忙降阶接见。道人通身赤色，其形相甚恶。彼此各打稽首。殷殿下忙欠身答曰：『老师可请上坐。』道人亦不谦让，随即坐下。

殷郊曰：『老师高姓？大名？何处名山洞府？』道人答曰：『贫道乃火龙岛焰中仙罗宣是也。因申公豹相邀，特来助你一臂之力。』殷郊大悦，治酒款待。道人曰：『吾乃是斋，不用荤。』殷郊命治素酒相待。不题。一连在军中过了三四日，也不出去会子牙。殷郊问曰：『老师既为我而来，为何数日不会子牙一阵？』道人曰：『我有一道友，他不曾来；若要来时，我与你定然成功，不用殿下费心。』且说那日正坐，辕门官军来报：『有一道者来访。』罗宣与殷郊传令：『请来。』少时，见一道者，黄脸，虬须，身穿皂服，徐步而来。殷郊乃出帐迎接，至帐，行礼尊于上坐。道人坐下。罗宣问曰：『贤弟为何来迟？』道人曰：『因攻战之物未完，故此来迟。』殷郊对道人曰：『请问道长高姓？大名？』道人曰：『吾乃九龙岛炼气士刘环是也。』殷郊传令治酒款待。次早，二位道者出营，来至城下，请子牙答话。探马忙报入相府：『启丞相：有二位道人请丞相爷答话。』子牙随即同众门人出城，排开队伍。只见催阵鼓响，对阵中有一道者，生得甚是凶恶。怎见得：

鱼尾冠，纯然烈焰；大红袍，片片云生。丝绦悬赤色，麻履长红云。剑带星星火，马如赤爪龙。面如血泼紫，钢牙暴出唇。三目光辉观宇宙，火龙岛内有声名。

话说子牙对诸门人曰：『此人一身赤色，连马也是红的！』众弟子曰：『截教门下，古怪者甚多。』话未毕，罗宣一骑马当先，大呼曰：『来者可就是姜子牙？』子牙答曰：『道兄，不才便是。不知道友是何处

名山？哪里洞府？』罗宣曰：『吾乃火龙岛焰中仙罗宣是也。吾今来会你。只因你倚仗玉虚门下，把吾辈截教甚是耻辱，吾故到此与你见一雌雄，方知二教自有高低，非在于口舌争也。你那左右门人不必向前，料你等不过毫末道行，不足为能。只我与你比个高下。』道罢，把赤烟驹催开，使两口飞烟剑来取子牙。子牙手中剑急架相迎。二兽盘旋，未及数合，哪吒登开风火轮，摇枪来刺。罗宣旁有刘环跃步而出，抵住哪吒。大抵子牙的门人多，不由分说，杨戬舞三尖刀冲杀过来；黄天化使开双锤，也来助战；雷震子展开二翅，飞起空中，将金棍刷来；土行孙使动宾铁棍，往下三路也自杀来；韦护绰步，使降魔杵劈头就打：四面八方，围裹上来。罗宣见子牙众门人不分好歹，一涌而上，抵挡不住，忙把三百六十骨节摇动，现出三首六臂，一手执照天印，一手执五龙轮，一手执万鸦壶，一手执万里起云烟，双手使飞烟剑，好利害！怎见得，有赞为证，赞曰：

赤宝丹天降异人，浑身上下烈烟熏。
离宫炼就非凡品，南极熬成迥出群。
火龙岛内修真性，焰气声高气似云。
纯阳自是三昧火，烈石焚金恶煞神。

话说罗宣现了三首六臂，将五龙轮一轮把黄天化打下玉麒麟。早有金、木二吒救回去了。杨戬正欲暗放哮天犬来

伤罗宣，不意子牙早祭起打神鞭望空中打来，把罗宣打得几乎翻下赤烟驹来。哪吒战住了刘环，把乾坤圈打来，只打得刘环三昧火冒出，俱大败回营。

张山在辕门观看，见岐周多少门人，祭无穷法宝，一个胜如一个，心中自思：『久后灭纣者必是子牙一辈。』心中甚是不悦。只见罗宣失利回营，张山接住慰功。罗宣曰：『今日不防姜尚打我一鞭，吾险些儿坠下骑来。』忙取葫芦中药饵，吞而治之。罗宣对刘环曰：『这也是西岐一群众生该当如此，非我定用此狠毒也。』道人咬牙切齿。正是：

山红土赤须臾了，殿阁楼台化作灰。

话说罗宣在帐内与刘环议曰：『今夜把西岐打发他干干净净，免得费我清心。』刘环道：『他既无情，理当如此。』正是子牙灾难至矣，子牙只知得胜回兵，哪知有此一节。不意时至二更，罗宣同刘环借着火遁，乘着赤烟驹，把万里起云烟射进西岐城内。此万里起云烟乃是火箭，及至射进西岐城内，可怜东、西、南、北，各处火起，相府、皇城，到处生烟。子牙在府内只听的百姓呐喊之声，振动华岳。燃灯已知道了，与广成子出静室看火。不题。怎见得好火：

黑烟漠漠，红焰腾腾。黑烟漠漠，长空不见半分毫；红焰腾腾，大地有光千里赤。初起时，灼灼金蛇；次后来，千千火块。罗宣切齿逞雄威，恼了刘环施法力。燥干柴烧烈火性，说甚么燧人钻木；热油门上飘丝，胜似那老子开罗宣大叫一声，把万里起云烟射来。公主又将四海瓶收住去了。

炉。正是那无情火发，怎禁这有意行凶。不去弭灾，返行助虐。风随火势，焰飞有千丈余高；火逞风威，灰迸上九霄云外。乒乒乓乓，如同阵前炮响；轰轰烈烈，却似锣鼓齐鸣。只烧得男啼女哭叫皇天，抱女携儿无处躲。姜子牙总有妙法不能施；周武王德政天齐难逃避。门人虽有，各自保守其躯；大将英雄，尽是獐跑鼠窜。正是灾来难避无情火，慌坏青鸾斗阙仙。

话说武王听得各处火起，连宫内生烟，武王跪在丹墀，告祈后土、皇天曰：『姬发不道，获罪于天，降此大厄，何累于民？只愿上天将姬发尽户灭绝，不忍万民遭此灾厄。』俯伏在地，放声大哭。且说罗宣将万鸦壶开了，万只火鸦飞腾入城，口内喷火，翅上生烟；又用数条火龙，把五龙轮架在当中，只见赤烟驹四蹄生烈焰，飞烟宝剑长红光，那有石墙、石壁烧不进去。又有刘环接火，顷刻齐休，画阁雕梁，即时崩倒。正是：

武王有福逢此厄，自有高人灭火时。

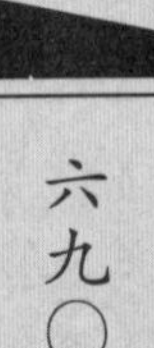

话说罗宣正烧西岐，来了凤凰山青鸾斗阙的龙吉公主——乃是昊天上帝亲生，瑶池金母之女；只因有念思凡，贬在凤凰山青鸾斗阙，今见子牙伐纣，也来助一臂之力。正值罗宣来烧西岐，娘娘就假此好见子牙。遂跨青鸾来至。远远的只见火内有千万火鸦。忙叫：『碧云童儿，将雾露乾坤网撒开，往西岐火内一罩。』此宝有相生相克之妙，雾露者乃是真水；水能克火，故此随即息灭，即时将万只火鸦尽行收去。罗宣正放火乱烧，忽不见火鸦。往前一看，见一道姑，戴鱼尾冠，穿大红绛绡衣。罗宣大呼：『乘鸾者乃是何人，敢灭吾之火？』公主笑曰：『吾乃龙吉公主是也。你有何能，敢动恶意，有逆天心，来害明君，吾特来助阵。你可速回，毋取灭亡之祸。』罗宣大怒，将五龙轮劈面打来。公主笑曰：『我知道你只有这些伎俩。你可尽力发来！』乃忙取四海瓶拿在手中，对着五龙轮，只见一轮竟打在瓶里去了。火龙进入于海内，焉能济事！罗宣大叫一声，把万里起云烟射来。公主又将四海瓶收住去了。刘环大怒，脚踏红焰，仗剑来取。公主把脸一红，将二龙剑望空中一丢。刘环哪里经得起？随将刘环斩于火内。罗宣忙现三首六臂，祭照天印打龙吉公主。公主把剑一指，此印落于火内，又将剑丢起去。罗宣情知难拒，拨赤烟驹就走。公主再把二龙剑丢起，正中赤烟驹后臂。赤烟驹自倒，将罗宣撞下火来，借火遁而逃。公主忙施雨露，且救了西岐火焰，好见子牙。怎见得好雨，有赞为证：

潇潇洒洒，密密沉沉。潇潇洒洒，如天边坠落明珠；密密沉沉，似海口倒悬滚浪。初起时，如拳大小；次后来，瓮泼盆倾。沟壑水飞千丈玉，涧泉波浪万条银。西岐城内看看满，低凹池塘渐渐平。真是武王有福高明助，倒泻天河往下倾。

话说龙吉公主施雨救灭西岐火焰，满城人民齐声大叫曰：『武王洪福齐天，普施恩泽，吾等皆有命也！』合城大小，欢声震地。一夜天翻地沸，百姓皆不得安生。武王在殿内祈祷，百官带雨问安。子牙在相府，神魂俱不附体。只见燃灯曰：『子牙忧中得吉，就有异人至也。贫道非是不知，吾若是来治此火，异人必不能至。』话言未了，有杨戬报入府来：『启师叔：有龙吉公主来至。』子牙忙降阶迎迓上殿。公主见燃灯、广成子在殿上，公主打稽首，口称：『道兄请了！』子牙忙问燃灯曰：『此位何人？』公主忙答曰：『贫道乃龙吉公主，有罪于天；方才罗宣用火焚烧西岐，贫道今特来此间，用些须小法术，救灭此火，特佐子牙东征，会了诸侯，有功于社稷，可免罪愆，得再回瑶池耳，真不负贫道下山一场。』子牙大喜，忙吩咐侍儿，打点焚香净室，与公主居住。西岐城内这一场嚷闹，大是利害，乃收拾宫阙府第。不表。

且说罗宣败走下山，喘息不定，倚松靠石，默然沉思：『今日把这些宝贝一旦失与龙吉公主，此恨怎消。』正愁恨时，只听得脑后有人作歌而至。歌曰：

曾做菜羹寒士，不去奔波朝市。宦情收起，打点林泉事。高山采紫芝，溪边理钓丝。洞中戏耍，闲写「黄庭」字。把酒醺然，长歌腹内诗。识时，扶王立帝基；知机，罗宣今日危。

话说罗宣听罢，回头一看，见个大汉，戴扇云盔，穿道服，持戟而至。罗宣问曰：『汝是何人，敢出大言？』其人答曰：『吾乃李靖是也。今日往西岐见姜子牙，东进五关，吾无有进见之功，今日拿你，权敌一功。』罗宣大怒，跃身而起，将宝剑来取。二人交锋。不知性命如何，且听下回分解。

第六十五回　殷郊岐山受犁锄

诗曰：

鼙鼓频催日已西，殷郊此日受犁锄。

翻天有印皆沦落，离地无旗孰可栖。

空负肝肠空自费，浪留名节浪为题。

可怜二子俱如誓，气化清风魂伴泥。

话说李靖大战罗宣，戟剑相交，犹如虎狼之状。李靖祭起按三十三天黄金宝塔，乃大叫曰：『罗宣！今日你难逃此难矣。』罗宣欲待脱身，怎脱此厄，只见此塔落将下来，如何存立！可怜！正是：

封神台上有坐位，道术通天难脱逃。

话说黄金塔落将下来，正打在罗宣顶上，只打得脑浆迸流，一灵已奔封神台去了。李靖收了宝塔，借土遁往西岐，时刻而至。到了相府前，有木吒看见父亲来至，忙报与子牙：『弟子父亲李靖等令。』燃灯对子牙曰：『乃是吾门人，曾为纣之总兵。』子牙闻之大喜，忙令相见毕。且说广成子见殷郊阻兵于此，子牙拜将又近，问燃灯曰：『老师，如今殷郊不得退，如之奈何？』燃灯曰：『翻天印利害，除非取了玄都离地焰光旗，西方取了青莲宝色旗。如今止有了玉虚杏黄旗，殷郊如何伏得他，必先去取了此旗方可。』广成子曰：『弟子愿往玄都，见师伯走一遭。』燃灯

曰：『你速去！』广成子借纵地金光法往玄都来，不一时来至八景宫玄都洞。真好景致！怎见得，有赞为证：

金碧辉煌，珠玉灿烂。菁葱婆娑，苍苔欲滴。仙鸾仙鹤成群，白鹿白猿作对。香烟缥缈冲霄汉，彩色氤氲绕碧空。雾隐楼台重叠叠，霞盘殿阁紫阴阴。祥光万道临福地，瑞气千条照洞门。大罗宫内金钟响，八景宫开玉磬鸣。开天辟地神仙府，才是玄都第一重。

说话广成子至玄都洞，不敢擅入，等候半晌，只见玄都大法师出来，广成子上前稽首，口称：『道兄，烦启老师，弟子求见。』玄都大法师至蒲团前启曰：『广成子至此，求见老师。』老子曰：『广成子不必着他进来，他来是要离地焰光旗，你将此旗付与他去罢。』玄都大法师随将旗付与广成子，曰：『老师吩咐，你去罢，不要进见了。』广成子感谢不尽，将旗高捧，离了玄都，径至西岐，进了相府。子牙接见，拜了焰光旗。广成子又往西方极乐之乡来。纵金光，一日到了西方胜境，比昆仑山大不相同。怎见得，有赞为证，赞曰：

宝焰金光映日明，异香奇彩更微精。
七宝林中无穷景，八德池边落瑞璎。
素品仙花人罕见，笙簧仙乐耳更清。
西方胜界真堪羡，真乃莲花瓣里生。

话说广成子站立多时，见一童子出来，广成子曰：『那童子，烦你通报一声，说广成子相访。』只见童子进去，

引道人曰：『道人言虽有理，只是青莲宝色旗染不得红尘。奈何！奈何！』

不一时，童子出来，道：『有请。』广成子见一道人，身高丈六，面皮黄色，头挽抓髻，向前稽首，分宾主坐下。道人曰：『道兄乃玉虚门下，久仰清风，无缘会晤，今幸至此，实三生有缘。』广成子谢曰：『弟子因犯杀戒，今被殷郊阻住子牙拜将日期，今待至此，求借青莲宝色旗，以破殷郊，好佐周王东征。』接引道人曰：『贫道西方乃清净无为，与贵道不同，以花开见我，我见其人，乃莲花之像，非东南两度之客。此旗恐惹红尘，不敢从命。』广成子曰：『道虽二门，其理合一。以人心合天道，岂得有两。南北东西共一家，难分彼此。如今周王是奉玉虚符命，应运而兴，东西南北，总在皇王水土之内。道兄怎言西方不与东南之教同。古语云：「金丹舍利同仁义，三教元来是一家。」』接引道人曰：『道人言虽有理，只是青莲宝色旗染不得红尘。奈何！奈何！』二人正论之间，后边来了一位道人，乃是准提道人，打了稽首，同坐下。准提曰：『道兄此来，欲借青莲宝色旗，西岐山破殷郊；若论起来，此宝借不得。如今不同，亦自有说。』乃对接引道人曰：『前番我曾对道兄言过：东南两度，有三千丈红气冲空，与吾西方有缘，是我八德池中五百年花开之数。西方虽是极乐，其道何日得行于东南？不若借东南大教，兼行吾道，有何不可。况今广成子道兄又来，当得奉命。』接引道人听准提道人之言，随将青莲宝色旗付与广成子。广成子谢了二位道人，离西方望西岐而来。正是：

只为殷郊逢此厄，才往西方走一遭。

话说广成子离了西方，不一日来到西岐，进相府来见燃灯，将西方先不肯借旗，被准提道人说了方肯的话说了一遍。燃灯曰：『事好了！如今正南用离地焰光旗，东方用青莲宝色旗，中央用杏黄戊己旗，西方用素色云界旗，单让北方与殷郊走，方可治之。』广成子曰：『素色云界旗哪里有？』众门人都想，想不起来。广成子不乐。众门人俱退。土行孙来到内里，对妻子邓婵玉说：『平空殷郊伐西岐，费了许多的事，如今还少素色云界旗，不知哪里有？』只见龙吉公主在静室中听见，忙起身来向土行孙曰：『素色云界旗是我母亲哪里有。此旗一名「云界」，一名「聚仙」，但赴瑶池会将此旗拽起，群仙俱知道，即来赴瑶池胜会，故曰「聚仙旗」。此旗，别人去不得，须得南极仙翁方能借得去。』土行孙闻说，忙来至殿前，见燃灯道人，曰：『弟子回内室，与妻子商议，有龙吉公主听见。彼言此旗乃西王母处有，名曰聚仙旗。』燃灯方悟，随命广成子往昆仑山来。广成子纵金光至玉虚宫，立于麒麟崖。等候多时，有南极仙翁出来。广成子把殷郊的事说了一遍。南极仙翁曰：『我知道了。你且回去。』广成子回西岐。不表。

且说南极仙翁即忙收拾，换了朝服，系了玎珰玉佩，手执朝笏，离了玉虚宫，足踏祥云，飘飘荡荡，鹤驾先行引导。

怎见得，有诗为证：

祥云托足上仙行，跨鹤乘鸾上玉京。
福禄并称为寿曜，东南常自驻行旌。

话说南极仙翁来到瑶池，落下云头，见朱门紧闭，玉佩无声，只见瑶池那些光景甚是稀奇。怎见得，有赞为证，赞曰：

顶摩霄汉，脉插须弥。巧峰排列，怪石参差。悬崖下瑶草琪花；曲径旁紫芝香蕙。仙猿摘果入桃林，却似火焰烧金；白鹤栖松立枝头，浑如苍烟捧玉。彩凤双双，青鸾对对。彩凤双双，向日一鸣天下瑞；青鸾对对，迎风跃舞世间稀。又见黄澄澄琉璃瓦叠鸳鸯；明晃晃锦花砖铺玛瑙。东一行，西一行，尽是蕊宫珍阙；南一带，北一带，看不了宝阁琼楼。云光殿上长金霞；聚仙亭下生紫雾。正是：金阙堂中仙乐动，方知紫府是瑶池。

话说南极仙翁俯伏金阶，口称：『小臣南极仙翁奏闻金母：应运圣主，鸣凤岐山，仙临杀戒，垂象上天。因三教并谈，奉玉虚符命，按三百六十五度封神八部，雷、火、瘟、斗，群星列宿。今有玉虚副仙广成子门人殷郊，有负师命，逆天叛乱，杀害生灵，阻挠姜尚不能前往，恐误拜将日期。殷郊发誓，应在西岐而受犁锄之厄。今奉玉虚之命，特恳圣母，恩赐聚仙旗，下至西岐，治殷郊以应愿言。诚惶诚恐，稽首顿首。具疏小臣南极仙翁具奏。』俯伏少时，只听得仙乐一派。怎见得：

玉殿金门两扇开，乐声齐奏下瑶台。
凤衔丹诏离天府，玉敕金书降下来。

话说南极仙翁俯伏玉阶，候降敕旨。只闻乐声隐隐，金门开处，有四对仙女高捧聚仙旗，付与南极仙翁，曰：『敕旨付南极仙翁：周武当有天下，纣王秽德彰闻，应当绝灭，正合天心。今特敕尔聚仙旗前去，以助周邦，毋得延缓。有亵仙宝。速往。钦哉！望阙谢恩。』南极仙翁谢恩毕，离了瑶池。正是：

周主洪基年八百，圣人金阙借旗来。

话说南极仙翁离了瑶池，径至西岐。有杨戬报入相府。广成子焚香接敕，望阙谢恩毕。子牙迎接仙翁至殿中坐下，共言殷郊之事。仙翁曰：『子牙，吉辰将至，你等可速破了殷郊，我暂且告回。』众仙送仙翁回宫。燃灯曰：『今有聚仙旗，可以擒殷郊。只是还少两三位可助成功。』话犹未了，哪吒来报：『赤精子来至。』子牙迎至殿前。广成子曰：『我与道兄一样，遭此不肖弟子。』彼此嗟叹。又报：『文殊广法天尊来至。』见了子牙，口称：『恭喜！』子牙答曰：『何喜可贺？连年征伐无休，日不能安食，夜不得安寝；怎能得静坐蒲团，了悟无生之妙也！』燃灯道：『今日烦文殊道友，可将青莲宝色旗往西岐山震地驻扎；赤精子用离地焰光旗在岐山离地驻扎；中央戊己乃贫道镇守；西方聚仙旗须得武王亲自驻扎。』子牙曰：『这个不妨。』随即请武王至相府。子牙不提起擒殷郊之事，只说是：『请大王往岐山退兵，老臣同往。』武王曰：『相父吩咐，孤自当亲往。』话说子牙掌聚将鼓，令黄飞虎领令箭，冲张山大辕门；邓九公冲左粮道门；南宫适冲右粮道门；哪吒、杨戬在左；韦护、雷震子在右；黄天化在后；金木二吒、李靖父子三人掠阵。正是：

计就月中擒玉兔，谋成日里捉金乌。

子牙吩咐停当，先同武王往岐山，安定西方地位。

且说张山、李锦见营中杀气笼罩，上帐见殷郊，言曰：『千岁，我等驻扎在此，不能取胜，不如且回兵朝歌，再图后举。千岁意下如何？』殷郊曰：『我不曾奉旨而来。待吾修本，先往朝歌，求援兵来至，料此一城有何难破？』张山曰：『姜尚用兵如神，兼有玉虚门下甚众，亦不是小敌耳。』殷郊曰：『不妨。连吾师也惧吾翻天印，何况他人！』三人共议至抵暮。有一更时分，只见黄飞虎带领一枝人马，点炮呐喊，杀进辕门；真是父子兵，一拥而进，不可抵挡。殷郊还不曾睡，只听得杀声大振，忙出帐，上马拎戟，掌起灯笼火把。灯光内只见黄家父子杀进辕门。殷郊大呼曰：『黄飞虎，你敢来劫营，是自取死耳！』黄飞虎曰：『奉将令，不敢有违。』摇枪直取。殷郊手中戟急架忙迎。黄天禄、黄天爵、黄天祥等一裹而上，将殷郊围在垓心。只见邓九公带领副将太鸾、邓秀、赵升、孙焰红冲杀左营；南宫适领辛甲、辛免、太颠、闳夭直杀进右营；李锦接住厮杀；张山战住邓九公。哪吒、杨戬抢入中军，来助黄家父子。哪吒的枪只在殷郊前后心窝、两胁内乱刺；杨戬的三尖刀只在殷郊顶上飞来。殷郊见哪吒登轮，先将落魂钟对哪吒一晃。哪吒全然不理。祭翻天印打杨戬。杨戬有八九玄功，迎风变化，打不下马来。故此殷郊着忙。黄夜交

文殊广法天尊忙将青莲宝色旗招展。好宝贝：白气悬空，金光万道，现一粒舍利子。

兵，苦杀了成汤士卒！只因为主安天下，马死人亡满战场。

话说哪吒祭起一块金砖，正中殷郊的落魂钟上，只打得霞光万道。殷郊大惊。南宫适斩了李锦，也杀到中营来助战。张山与邓九公大战，不防孙焰红喷出一口烈火，张山面上被火烧伤，邓九公赶上一刀，劈于马下。九公领众将官也冲杀至中军，重重叠叠把殷郊围住，枪刀密匝，剑戟森罗，如铜墙铁壁。殷郊虽然是三首六臂，怎经得起这一群狼虎英雄俱是『封神榜』上恶曜。又经得雷震子飞在空中，使开金棍刷将下来。殷郊见大营俱乱，张山、李锦皆亡，殷郊见势头不好，把落魂钟对黄天化一晃。黄天化翻下玉麒麟来。殷郊乘此走出阵来，往岐山逃遁。众将官鸣锣擂鼓，追赶三十里方回。黄飞虎督兵进城，俱进相府。侯子牙回兵。

且说殷郊杀到天明，止剩有几个残兵败卒。殷郊叹曰：『谁知如此兵败将亡！俺如今且进五关，往朝歌见父借兵，再报今日之恨不迟。』

因策马前行。忽见文殊广法天尊站立前面而言曰：『殷郊，今日你要受犁锄之厄！』殷郊欠身，口称：『师叔，弟子今日回朝歌，老师为何阻吾去路？』文殊广法天尊曰：『你入罗网之中，速速下马，可赦你犁锄之苦。』殷郊大怒，纵马摇戟，直取天尊。天尊手中剑急架忙迎。殷郊心慌，祭起翻天印来。文殊广法天尊忙将青莲宝色旗招展。好宝贝：白气悬空，金光万道，现一粒舍利子。怎见得，有诗为证，诗曰：

万道金光隐上下，三乘玄妙入西方。
要知舍利无穷妙，治得翻天印渺茫。

文殊广法天尊展动此宝，只见翻天印不能落将下来。殷郊收了印，往南方离地而来。忽见赤精子大呼曰：『殷郊，你有负师言，难免出口发誓之灾！』殷郊情知不杀一场也不得完事，催马摇戟来刺赤精子。赤精子曰：『孽障！你兄弟一般，俱该如此，乃是天数，俱不可逃。』忙用剑架戟。殷郊复祭翻天印就打。赤精子展动离地焰光旗。此宝乃玄都宝物，按五行奇珍。怎见得，有诗为证，诗曰：

鸿濛初判道精微，产在离宫造化机。
今日岐山开展处，殷郊难免血沾衣。

赤精子展开此宝，翻天印只在空中乱滚，不得下来。殷郊见如此光景，忙收了印，往中央而来。燃灯道人叫殷郊曰：『你师父有一百张犁锄候你！』殷郊听罢着慌，口称：『老师，弟子不曾得罪与众位师尊，为何各处逼迫？』燃

灯曰：『孽障！你发愿对天，出口怎免。』殷郊乃是一位恶神，怎肯干休，便气冲牛斗，直取过来。燃灯口称：『善哉！』将剑架戟。未及三合，殷郊发印就打。燃灯展开了杏黄旗。此宝乃玉虚宫奇珍。怎见得，有诗为证，诗曰：

执掌昆仑按五行，无穷玄法使人惊。
展开万道金光现，致使殷郊性命倾。

殷郊见燃灯展开杏黄旗，就有万朵金莲现出，翻天印不得下来，恐被他人收去了，忙收印在手。忽然望见正西上一看，见子牙在龙凤幡下。殷郊大叱一声：『仇人在前，岂可轻放！』纵马摇戟，大呼：『姜尚！吾来也！』武王见一人三首六臂，摇戟而来，武王曰：『唬杀孤家！』子牙曰：『不妨。来者乃殷郊殿下。』武王曰：『即是当今储君，孤当下马拜见。』子牙曰：『今为敌国，岂可轻易相见，老臣自有道理。』武王看殷郊来得势如山倒一般，滚至面前，也不答话，直一戟刺来有声。子牙剑急架忙迎。只一合，殷郊就祭印打来。子牙急展聚仙旗。此乃瑶池之宝，只见氤氲遍地，一派异香笼罩上面，翻天印不得下来。怎见得，有诗为证，诗曰：

五彩祥云天地迷，金光万道吐虹霓。
殷郊空用翻天印，咫尺犁锄顶上挤。

子牙见此旗有无穷大法，翻天印当作飞灰，子牙把打神鞭祭起来打殷郊。殷郊着忙，抽身望北面走。燃灯远见殷郊已走坎地，发一雷声，四方呐喊，锣鼓齐鸣，杀声大振。殷郊催马向北而走。四面追赶，把殷郊赶得无路可投，往前行山径越窄。殷郊下马步行，又闻后面追兵甚急，对天祝曰：『若吾父王还有天下之福，我这一翻天印把此山打一条路径而出，成汤社稷还存；如打不开，吾今休矣。』言罢，把翻天印打去。只见响一声，将山打出一条路来。殷郊大喜曰：『成汤天下还不能绝。』便往山路就走。只听得一声炮响，两山头俱是周兵卷上山顶来，后面又有燃灯道人赶来。殷郊见左右前后俱是子牙人马，料不能脱得此难，忙借土遁，往上就走。殷郊的头方冒出山尖，燃灯道人便用手一合，二山头一挤，将殷郊的身子夹在山内，头在山外。不知性命如何，且听下回分解。

第六十六回　洪锦西岐城大战

诗曰：

奇门遁术阵前开，斩将搴旗亦壮哉。

黑焰引魂遮白日，青幡掷地画尘埃。

三山关上多英俊，五气崖前有异才。

不是仙娃能幻化，只因月老作新媒。

话说燃灯合山，挤住殷郊，四路人马齐上山来。武王至山顶上，看见殷郊这等模样，滚鞍下马，跪于尘埃，大呼：『千岁！小臣姬发，奉法克守臣节，并不敢欺君枉上。相父今日令殿下如此，使孤有万年污名。』子牙挽扶武王而言曰：『殷郊违逆天命，大数如此，怎能脱逃。大王要尽人臣之道，行礼以尽主公之德可也。』武王曰：『相父今日把储君夹在山中，大罪俱在我姬发了。望列位老师大开恻隐，怜念姬发，放了殿下罢！』燃灯道人笑曰：『贤王不知天数。殷郊违逆天命，怎能逃脱，大王尽过君臣之礼便罢了。大王又不可逆天行事。』武王两次三番劝止。子牙正色言曰：『老臣不过顺天应人，断不敢逆天而误主公也。』武王含泪，撮土焚香，跪拜在地，称『臣』泣诉曰：『臣非不救殿下，奈众老师要顺守天命，实非臣之罪也。』拜罢，燃灯请武王下山，命广成子推犁上山。广成子一见殷郊这等如此，不觉落泪。正是：

只因出口犁锄愿，今日西岐怎脱逃？

只见武吉犁了殷郊。殷郊一道灵魂往封神台来，清福神祇柏鉴用百灵幡来引殷郊。殷郊怨心不服，一阵风径往朝歌城来。纣王正与妲己在鹿台饮酒。好风！怎见得，有赞为证：

刮地遮天暗，愁云照地昏。鹿台如泼墨，一派靛妆成。先刮时扬尘播土，次后来倒树推林。只刮得嫦娥抱定梭罗树，空中仙子怎腾云。吹动昆仑顶上石，卷得江河水浪浑。

话说纣王在鹿台上正饮酒，听得有人来，纣王不觉昏沉。就席而卧。见一人三首六臂，立于御前，口称：『父王，孩儿殷郊为国而受犁锄之厄。父王可修仁政，不失成汤社稷。当任用贤相，速拜元戎，以任内外大事。不然，姜尚不久便欲东行，那时悔之晚矣！孩儿还要诉奏，恐封神台不纳，孩儿去也！』纣王惊醒，口称：『怪哉！』妲己、胡喜媚、王贵人三人共席欠身，忙问曰：『陛下为何口称「怪哉」？』纣王把梦中事说了一遍。妲己曰：『梦由心作，陛下勿疑。』纣王乃酒色昏君，见三妖娇态把盏传杯，遂不在心。只见汜水关韩荣有本进朝歌告急。其本至文书房，微子看本，看见如此，心下十分不乐，将此本抱入内庭。纣王正在显庆殿。当驾官启奏：『微子候旨。』王曰：『宣。』微子至殿前，行礼毕，将汜水关韩荣报本呈上。纣王展看，见张山奉敕征讨失利，又带着殷郊殿下绝于岐山。纣王看毕大怒，与众臣曰：『不道姬发自立武王，竟成大逆，屡屡征伐，损将折兵，不见成功。为今之计，可用何卿为将？若不早除，恐为后患。』班内一臣乃中谏大夫李登，进礼称『臣』曰：『今天下不静，刀兵四起，十余载未宁。虽东伯侯姜文焕、南伯侯鄂顺、北伯侯崇黑虎，此三路不过癣疥之疾，独西岐姜尚助姬发而为不道，肆行祸乱，其志不小。论朝歌城内，皆非姜尚之敌手。臣荐三山关总兵官洪锦，才术双全，若得此臣征伐，庶几大事可定。』纣王即传旨，赍敕往三山关，命洪锦得专征伐。使命持诏，径往三山关来。一路无词，一日来至三山关馆驿中安下。次日，洪锦待佐贰官接旨，开读毕，交代官乃是孔宣。不日俟孔宣交代明白，洪锦领十万雄师，离了高关，往西岐进发。好人马！怎见得，有赞为证：

一路上：旌旗迷丽日，杀气乱行云。刀枪寒飒飒，剑戟冷森森。弓弯秋月样，箭插点寒星。金甲黄澄澄，银盔似玉钟。锣响惊天地，鼓擂似雷鸣。人是貔貅猛，马似蛟龙雄。今往西岐去，又送美前程。

话说洪锦一路行来，兵过岐山。哨马报入中军：『人马已至西岐了。』洪锦传令：『安营。』立下寨栅。先行官季康、柏显忠上帐参见。洪锦曰：『今奉敕征讨，尔等各宜尽心为国。姜尚足智多谋，非同小敌，须是谨慎小心，不得造次草率。』二将曰：『谨领台命。』次日，季康领令出营，至西岐城下搦战。探马报入相府。子牙大喜：『三十六路征伐，今日已满，可以打点东征。』忙问曰：『那一员将官去走一遭？』南宫适愿往。子牙许之。南宫适领命出城，见季康犹如一块乌云而至。南宫适曰：『来者何人？』季康答曰：『吾乃洪总兵麾下正印官季康是也，今奉敕征伐。尔等叛逆之徒，理当受首辕门，尚敢领兵拒敌，真是无法无君！』南宫适笑曰：『似你这等不堪之类，西岐城也不知杀了百万，又在你这一二人而已！快快回兵，免你一死。』季康大怒，纵马舞刀直取。南宫适手中刀赴纣王把梦中事说了一遍。妲己曰：『梦由心作，陛下勿疑。』

面相迎。二将战有三十回合，季康乃左道旁门，念动咒语，顶上现一块黑云，云中现出一只犬来，把南宫适夹膊子上一口，连袍带甲，扯去半边，几乎被季康刀劈了。南宫适唬得魂不附体，败进城，至相府回话，将咬伤一事诉说了一遍。子牙不乐。只见季康进营，见洪锦，言：『得胜，伤南宫适败进城去了。』洪锦大喜：『头阵胜，阵阵胜。』次日，柏显忠上马，至城下请战。探马报入相府。子牙问：『谁人出马？』有邓九公应曰：『末将愿往。』子牙许之。邓九公开放西岐城，走马至军前，认得是柏显忠，大呼曰：『柏显忠！天下尽归明主，你等今日不降，更待何时？』柏显忠曰：『似你这匹夫，负国大恩，不顾仁义，乃天下不仁不智之狗彘耳！』邓九公大怒，催开坐骑，使开合扇大刀，直取柏显忠。显忠挺枪刺来。二将交锋，如同猛虎摇头，不亚狮子摆尾，只杀的天昏地暗。怎见得，有赞为证：

这一个顶上金盔飘列焰；那一个黄金甲挂连环套。这一个猩猩血染大红袍；那一个粉素征袍如白练。这一个大刀挥如闪电光；那一个长枪

恰似龙蛇现。这一个胭脂马跑鬼神惊，那一个白龙驹走如银霰。红白二将似天神，虎斗龙争不真善。

二将大战二三十回合，邓九公乃是有名大将，展开刀如同闪电，势不可当。柏显忠哪里是九公敌手？被九公卖个破绽，手起一刀，把柏显忠挥于马下。邓九公得胜进城，至相府回话：『斩了柏显忠首级报功。』子牙令：『将首级号令城上。』且说洪锦见折了一将，在中军大怒，咬牙切齿，恨不得平吞了西岐。次日，领大队人马，坐名要子牙答话。哨马报入相府。子牙闻报，即时排队伍出城。炮声响处，西岐门开，一枝人马而出。洪锦看城内兵来，纪律严整，又见左右归周豪杰，一个个胜似虎狼，那三山五岳门人，飘飘然俱有仙风道骨，两旁雁翅排开。宝纛旗下乃开国武成王黄飞虎。子牙坐四不像，穿一身道服，体貌自别。怎见得，有诗为证：

金冠如鱼尾，道服按东方。

丝绦悬水火，麻鞋系玉珰。

手执三环剑，胸藏百炼钢。

帝王师相品，万载把名扬。

话说洪锦走马至军前，大呼曰：『来者是姜尚么？』子牙答曰：『将军何名？』洪锦曰：『吾乃奉天征讨大元戎洪锦是也。尔等不守臣节，违天作乱，往往拒敌王师，法难轻贷。今奉旨特来征讨尔等，拿解朝歌，以正国法。若知吾利害，早早下骑就擒，可救一郡生灵涂炭。』子牙笑曰：『洪锦，你既是大将，理当知机。天下尽归周主，贤士尽

遂纵马舞刀，冲过阵来。

叛独夫，料你不过一泓之水，能济甚事。今诸侯八百齐伐天道，吾不久会兵孟津，吊民伐罪，以救生民涂炭，削平祸乱。汝等急急早降，乃归有道，自不失封侯之位耳。尚敢逆天以助不道，是自取罪戾也。』洪锦大骂：『好老匹夫！焉敢如此肆志乱言！』遂纵马舞刀，冲过阵来。旁有姬叔明大呼曰：『不得猖獗！』催开马，摇枪直取洪锦。二将杀在一堆。姬叔明乃文王第七十二子，这殿下心性最急，使开枪势如狼虎，约战有三四十合。洪锦乃左道术士出身，他把马一夹，跳在圈子外面，将一皂旗往下一戳，把刀望上一晃，那旗化作一门，洪锦连人带马径进旗门而去。殿下不知，也把马赶进旗门来。此时洪锦看得见姬叔明，姬叔明看不见洪锦，马头方进旗门，洪锦在旗门里一刀把姬叔明挥于马下。子牙大惊。洪锦收了旗门，依旧现身，大呼曰：『谁来与吾见阵？』旁有邓婵玉走马至军前，大呼：『匹夫！少待恃强！吾来也！』洪锦看见一员女将奔来，金盔金甲，飞临马前。怎见得，有诗为证：

女将生来正幼龄，英风凛凛貌娉婷。

五光宝石飞来妙，辅国安民定太平。

邓婵玉一马冲至阵前。洪锦已不答话，舞刀直取，佳人手中双刀急架忙迎。洪锦暗思：『妇将不可恋战，速斩为上策。』洪锦依然去把皂幡如前用度，也把马走入旗门里面去了，只说邓婵玉赶他。不知婵玉有智，也不来赶，忙取五光石往旗门里一石打来，听得洪锦在旗门内『哎哟』一声，面已着伤，收了旗幡，败回营去了。子牙回兵进府，又见伤了一位殿下，郁郁不爽，纳闷在府。

且言洪锦被五光石打得面上眼肿鼻青，激得只是咬牙，忙用丹药敷贴，一夜全愈。次日，上马亲至城下，坐名只要女将。哨马报入相府，言：『洪锦只要邓婵玉。』子牙无计，只得着人到后面来说。土行孙见人来报，忙对邓婵玉曰：『今日洪锦坐名要你，你切不可进他旗门。』婵玉曰：『我在三山关大战数年，难道左道也不知？我岂有进他旗门去的理。』二人正议论间，时有龙吉公主听见，忙出净室，问曰：『你二人说甚么？』土行孙对曰：『成汤有一大将洪锦，善用幻术，将皂旗一面化一旗门，殿下姬叔明赶进去，被他一刀送了性命。昨与婵玉交战，他又用皂幡，不赶他，只一石往里面打去，打伤此贼。他今日定要婵玉出马，故此弟子吩咐他今日切不可赶他。如若不去，使他说吾西岐无人物。』龙吉公主笑曰：『此乃小术，叫做「旗门遁」。皂幡为内旗门，白幡为外旗门。既然如此，待吾收之。』土行孙上银安殿，对子牙把龙吉公主的事说了一遍。子牙大喜，忙请公主上殿。公主见子牙，打稽首，曰：『乞借一坐骑，待吾去收此将。』子牙令取五点桃花驹。龙吉公主独自出马，开了城门，一骑当先。洪锦见女将来

至，不是邓婵玉。洪锦问曰：『来者乃是何人？』龙吉公主曰：『你也不必问我。我要说出来，你也不知。你只是下马受死，是你本色。』洪锦大笑，骂曰：『好大胆贼人，焉敢如此！』纵马舞刀来取。公主手中鸾飞剑急架忙迎。二骑交锋。只三四合，洪锦又把内旗门遁使将出来。公主看见，也取出一首白旛，往下一戳，将剑一分，白旛化作一门，公主走马而入，不知所往。洪锦及至看时，不见了女将，大惊，不知外旗门有相生相克之理。龙吉公主从后面赶将出来，公主虽是仙子，终是女流，力气甚少，及举剑望洪锦背上砍来。正中肩甲，洪锦『哎哟』一声，不顾旗门皂旛，往正北上逃走。龙吉公主随后赶来，大叫：『洪锦速速下马受死！吾乃瑶池金母之女，来助武王伐纣。莫说你有道术，便赶你上天入地，也要带了你的首级来！』望前紧赶。洪锦只得舍生奔走。往前又赶，看看赶上，公主又曰：『洪锦莫想今日饶你！吾在姜丞相面前说过，定要斩你方回。』洪锦听罢，心下着忙，身上又痛，自思：『不若下马借土遁逃回，再作区处。』龙吉公主见洪锦借土遁逃走，笑曰：『洪锦这五行之术，随意变化，有何难哉！吾也来！』下马借木遁赶来，取『木能克土』之意。看看赶至北海，洪锦自思曰：『幸吾有此宝在身，不然怎了？』忙取一物，往海里一丢，那东西见水重生，搅海翻波而来。此物名曰鲸龙。洪锦脚跨鲸龙，奔入海内而去。龙吉公主赶至北海，只见洪锦跨鲸而去。怎见得，有赞为证：

烟波荡荡，巨浪悠悠。烟波荡荡接天河，巨浪悠悠连地脉。潮来汹涌，水浸湾还。潮来汹涌，犹如霹雳吼三春；水浸湾还，却似狂风吹九夏。乘龙福老，往来必定皱眉行；跨鹤仙童，反覆果然忧虑过。近岸无村舍，傍水少渔舟。

浪卷千层雪，风生六月秋。野禽凭出没，沙鸟任浮沉。眼前无钓客，耳畔只闻鸥。海底鱼游乐，天边鸟过愁。

话言龙吉公主赶至北海，见洪锦跨鲸而逃。公主笑曰：『幸吾离瑶池带得此宝而来。』忙向锦囊中取出一物，也往海里一丢。那宝贝见水，复现原身，滑喇喇分开水势，如泰山一般。此宝名为神鲸，原身浮于海面。公主站立于上，仗剑赶来。此神鲸善降鲸龙。起头鲸龙入海，搅得波浪滔天；次后来神鲸入海，鲸龙无势。龙吉公主看看赶上，祭起捆龙索，命黄巾力士：『将洪锦速拿往西岐去！』黄巾力士领娘娘法旨，凭空把洪锦拎去，拿往西岐，至相府，往阶下一摔。子牙正与众将官共议军情，只见空中摔下洪锦，子牙大喜。不知洪锦性命如何，且听下回分解。

第六十七回　姜子牙金台拜将

诗曰：

金台拜将若飞仙，斗大黄金肘后悬。
梦入熊罴方实地，年登耄耋始朝天。
延绵周室承先业，树列齐封启后贤。
福寿两端人罕及，帝王师相古今传。

话说子牙见捉了洪锦，料知龙吉公主成功。将洪锦放下丹墀。少时，龙吉公主进相府。子牙欠身谢曰：『今日公主成莫大之功，皆是社稷生民之福。』公主曰：『自下高山，未与丞相成尺寸之功。今日捉了洪锦，但凭丞相发落。』龙吉公主道罢，自回净室去了。子牙令左右将洪锦推至殿前，问曰：『似你这等逆天行事之辈，何尝得片甲回去？』命：『推将出去，斩首号令！』有南宫适为监斩，候行刑令下，方欲开刀，只见一道人忙奔而来，喘息不定，只叫：『刀下留人！』南宫适看见，不敢动手，急进相府来，禀曰：『启丞相得知，末将斩洪锦，方欲开刀，有一道人只叫「刀下留人」。未敢擅便，请令定夺。』子牙传：『请。』少时，那道人来至殿前，与子牙打了稽首。子牙曰：『道兄从何处来？』道人曰：『贫道乃月合老人也。因符元仙翁曾言龙吉公主与洪锦有俗世姻缘，曾绾红丝之约，故贫道特来通报；一则可以保子牙兵度五关，助得一臂之力。子牙公不可违了这件大事。』子牙暗想：『他乃蕊

宫仙子，吾怎好将凡间姻缘之事与他讲？』乃令邓婵玉先去见龙吉公主，就将月合仙翁之言先禀过，方可再议。邓婵玉径进内庭，请公主出净室议事。公主忙出来，见邓婵玉，问曰：『有何事见我？』邓婵玉曰：『今有月合仙翁言主与洪锦有俗世姻缘，曾绾红丝之约，该有一世夫妻，现在殿前与丞相共议此事，故丞相先着妾身启过娘娘，然后可以面议。』公主曰：『吾因在瑶池犯了清规，特贬我下凡，不得复归瑶池与吾母子重逢。今下山来，岂得又多此一番俗孽耶。』邓婵玉不敢作声。少时，月合仙翁同子牙至后厅。龙吉公主见仙翁稽首。仙翁曰：『今日公主已归正道，今贬下凡间者，正要了此一段俗缘，自然反本归元耳。况今子牙拜将在迩，那时兵度五关，公主该与洪锦建不世之勋，垂名竹帛。候功成之日，瑶池自有旌幡来迎接公主回宫。此是天数，公主虽欲强为，不可得矣。所以贫道受符元仙翁之命，故不辞劳顿，亲自至此，特为公主作伐。不然，洪锦刚赴法行刑，贫道至此，不迟不早，恰逢其时，其冥数可知。公主当依贫道之言，不可误却佳期，罪愆更甚，那时悔之晚矣。公主请自三思！』龙吉公主听了月合仙翁一篇话，不觉长吁一声：『谁知有此孽冤所系！既是仙翁掌人间婚姻之牍，我也不能强辞，但凭二位主持。』子牙、仙翁大喜，遂放了洪锦，用药敷好剑伤。洪锦自出营招回季康人马，择吉日与龙吉公主成了姻眷。正是：

天缘月合非容易，自有红丝牵系来。

话说洪锦与龙吉公主成了姻亲，乃纣王三十五年三月初三日。西岐城众将，打点东征，一应钱粮，俱各停当，只等子牙上出师表。翌日，武王设聚早朝，王曰：『有奏章出班，无事朝散。』言未毕，有姜丞相捧出师表上殿。武王

命接上来。奉御官将表文开于御案上。武王从头看玩：

进表丞相臣姜尚。臣闻惟天地万物父母，惟人万物之灵。天佑下民，作之君，作之师。惟其克相上帝，宠绥四方，作民父母。今商王受弗敬上天，降灾下民，流毒邦国，剥丧元良，贼虐谏辅，狎侮五常，荒怠不敬，沉湎酒色，罪人以族，官人以世；惟宫室、台榭、陂池、侈服以残害于万姓；遗厥先宗庙弗祀；播弃黎老，昵比罪人；惟妇言是用，焚炙忠良，刳剔孕妇；崇信奸回，放黜师保；屏弃典刑，囚奴正士；杀妻戮子，惟淫酗是图，作奇持淫巧，以悦妇人；郊社不修，宗庙不享。商罪贯盈，天人共怒。今天下诸侯大会于孟津，兴吊民伐罪之师，救生民于水火，乞大王体上天好生之心，孚四海诸侯之念，思天下黎庶之苦，大奋鹰扬，择日出师，恭行天罚，则社稷幸甚，臣民幸甚！乞赐详示施行。谨具表以闻。

武王览毕，沉吟半晌。王曰：『相父此表，虽说纣王无道，为天下共弃，理当征伐；但昔日先王曾有遗言：「切不可以臣伐君。」今日之事，天下后世以孤为口实。况孤有辜先王之言，谓之不孝。纵纣王无道，君也。孤若伐之，谓之不忠。孤与相父共守臣节，以俟纣王改过迁善，不亦善乎？』子牙曰：『老臣怎敢有负先王！但天下诸侯布告中外，诉纣王罪状，不足以君天下，纠合诸侯，大会孟津，昭畅天威，兴吊民伐罪之师，观政于商，前有东伯侯姜文焕、南伯侯鄂顺、北伯侯崇黑虎具文书知会，如那一路诸侯不至者，先问其违抗之罪，次伐无道。老臣恐误国家之事，因此上表，请王定夺，愿大王裁之。』武王曰：『既是他三路欲伐成汤，听他等自为。孤与相父坐守本土，以尽臣节：上不失为臣之礼，下可以守先王之命。不亦美乎？』子牙曰：『惟天为万物父母，惟人万物之灵，亶聪明，作元后，元后作民父母。今商王受荼毒生民，如坐水火，罪恶贯盈，皇天震怒，命我先王，大勋未集耳，今大王行吊民伐罪之师，正代天以彰天讨，救民于水火。如不顺上天，厥罪惟均。』只见上大夫散宜生上前奏曰：『丞相之言乃为国忠谋，大王不可不听。今天下诸侯大会孟津，大王若不以兵相应，则不足取信于众人，则众人不服，必罪我国以助纣为虐。倘移兵加之，那时反不自遗伊戚。况纣王信谗，屡征西土，黎庶遭惊慌之苦，文武有汗马之劳，今方安宁，又动天下之兵，是祸无已时。以臣愚见，不若依相父之言，统兵大会孟津，与天下诸侯陈兵商郊，观政于商，俟其自改，则天下生民皆蒙其福，又不失信于诸侯，遗灾于西土。上可以尽忠于君，下可以尽孝于先王，可称万全策。乞大王思之。』武王听得散宜生一番言语，不觉忻悦，乃曰：『大夫之言是也。不知用多少人马？』宜生奏曰：『大王兵进五关，须当拜丞相为大将军，付以黄钺、白旄，总理大权，得专阃外之政，方可便宜行事。』武王曰：『但凭大夫主张，即拜相父为大将军，得专征伐。』宜生曰：『昔黄帝拜风后，须当筑台，拜告皇天后土、山川河渎之神，捧毂，推轮，方成拜将之礼。』武王曰：『凡一应事宜，俱是大夫为之。』武王朝散。宜生又至相府恭贺。百官俱各欣悦。众门人个个喜欢。宜生次日至相府对子牙说，令南宫适、辛甲往岐山监造将台。当时二人至岐山，拣选木植砖石之物，克日兴工。也非一日，将台已完，二将回报子牙。宜生入内庭回武王旨，曰：『臣奉旨临造将台已完，谨择良辰，于三月十五日，请大王至金台，亲拜相父。』武王准旨，俟至日行礼。

话说子牙排仪仗出城，只见前面七十里俱是大红旗，直摆到西岐山。

且说子牙三月十三日立辛甲为军政司，先将『斩法纪律牌』挂在帅府，使众将各宜知悉。辛甲领令，挂出帅府：『扫荡成汤天宝大元帅姜条约示谕大小众将知悉。』只见各款开列于后：

其一

闻鼓不进，闻金不退，举旗不起，按旗不伏，此为慢军：犯者斩。

其二

呼名不应，点视不到，违期不至，动乖纪律，此为欺军：犯者斩。

其三

夜传刁斗，怠而不报，更筹违度，声号不明，此为懈军：犯者斩。

其四

多出怨言，毁谤主将，不听约束，梗教难治，此为横军：犯者斩。

其五

扬声笑语，蔑视禁约，哓詈军门，此为轻军：犯者斩。

其六

所用兵器，克削钱粮，致使弓弩绝弦，箭无羽镞，剑戟不利，旗帜凋敝，此为贪军：犯者斩。

其七

谣言诡语，造捏鬼神，假托梦寐，大肆邪说，鼓惑将士，此为妖军：犯者斩。

其八

奸舌利齿，妄为是非，调拨士卒，互相争斗，致乱行伍，此为刁军：犯者斩。

其九

所到之地，凌侮百姓，逼淫妇女，此为奸军：犯者斩。

其十

窃人财物，以为己利，夺人首级，以为己功，此为盗军：犯者斩。

其十一

军中聚众议事，近帐私探信音，此为探军：犯者斩。

其十二

或闻所谋，及闻号令，漏泄于外，使敌人知之，此为背军：犯者斩。

其十三

调用之际，结舌不应，低眉俯首，面有难色，此为怯军：犯者斩。

其十四

出越队伍，搀前乱后，言语喧哗，不遵禁约，此为乱军：犯者斩。

其十五

托伤诈病，以避征进，捏故假死，因而逃脱，此为逃军：犯者斩。

其十六

主掌钱粮，给赏之时，阿私所亲，使士卒结怨，此为弊军：犯者斩。

其十七

观寇不审，探贼不详，到不言到，多则言少，少则言多，此为误军：犯者斩。

话说子牙将『斩法牌』挂天帅府，众将观之，无不敬谨。

且说宜生至十四日，入内庭见武王，曰：『请大王明日清晨至相府，请丞相登坛。』武王曰：『拜将之道，如何行礼？』宜生曰：『大王如黄帝拜风后，方成拜将之礼。』武王曰：『卿言正合孤意。』次日乃三月十五日吉辰，武王带领合朝文武齐至相府前。只听里面乐声响过三番，军政司令门官放炮开门。只见三声炮响，相府门开。宜生引道，武王随后，至银安殿。军政司忙禀请元帅升殿：『有千岁亲来拜请元帅登辇。』子牙忙从后面道服而出，武王乃欠身言曰：『请元师登辇。』子牙慌忙谢过，同武王分左右并行至大门。武王欠身打一躬。两边扶子牙上辇。宜生请武王亲扶凤尾，连推三步。后人有诗赞子牙末年叨此荣宠，诗曰：

周主今朝列将台，风云龙虎四门开。
香生满道衣冠引，紫气当天御仗来。
统领貔貅添瑞彩，安排士马尽崔嵬。
磻溪今日人龙出，八百开基说异才。

话说子牙排仪仗出城，只见前面七十里俱是大红旗，直摆到西岐山。西岐百姓，扶老携幼，俱来观看。子牙至岐山，将近将台边，有一座牌坊上，有一幅对联：

『三千社稷归周主，一派华夷属武王。』

话说众将分道而行。武王至将台边一看，只见将台高耸，甚是嵬峨轩昂。怎见得，但见：

台高三丈，象按三才。阔二十四丈，按二十四气。台有三层：第一层台中立二十五人，各穿黄衣，手持黄旗，按中央戊己土；东边立二十五人，各穿青衣，手持青旗，按东方甲乙木；西边立二十五人，各穿白衣，手持白旗，按西方庚辛金；南边立二十五人，各穿红衣，手持红旗，按南方丙丁火；北方立二十五人，各穿皂衣，手持皂旗，按北方壬癸水。第二层是三百六十五人，手各执大红旗三百六十五面，按周天三百六十五度。第三层立七十二员牙将，各执

剑、戟、抓、锤，按七十二候。三层之中，各有祭器、祝文。自一层之下，两边仪仗，雁翅排列。真是衣冠整肃，剑戟森严，从古无两。

只见散宜生至鸾舆前，请武王出舆。武王忙下舆。宜生曰：『大王可至元帅前，请元帅下辇。』武王行至辇前，欠身曰：『请元帅下辇。』子牙忙令中军扶下辇来。宜生引导子牙至台边。散宜生赞礼曰：『请元帅面南背北。』散宜生开读祝文：

『维大周十有三年，孟春丁卯，朔丙子，西周武王姬发遣上大夫散宜生敢昭告于五岳，四渎、名山大川之神曰：呜呼！惟天惠民，惟辟奉天，抚绥众庶，克底于道。今商王受弗敬上天，降灾下民，惟妇言是用，昏弃厥祀弗答，昏弃厥遗王父、母、弟不迪，乃惟四方之多罪，逋逃是崇，是长，是信，是使，是以为大夫卿士，俾暴虐于百姓，以奸宄于商邑。今发夙夜祇惧，若不顺天，厥罪惟均。谨择今日，特拜姜尚为大将军，恭行天讨，伐罪吊民，永清四海。所赖神祇相我众士，以克厥勋。伏惟尚飨！』

话说散宜生读罢祝文，有周公旦引子牙上第二层台。周公旦赞礼曰：『请元帅面东背西。』周公旦开读祝文：

『维大周十有三年，孟春丁卯，上朔丙子，西周武王姬发遣周公旦敢昭告日，月，星辰，风伯，雨师，历代圣帝明王之神曰：呜呼！天有显道，厥类惟彰。今商王受乃夷居弗事上帝神祇，遗厥先宗庙弗祀，沉湎酒色，淫酗肆虐；惟宫室台榭是崇，焚炙忠良，刳剔孕妇，以残害于下民，牺牲粢盛，既于凶盗，乃曰「吾有民有命」，罔惩其侮。皇天震怒，命发诛之。发曷敢有越厥志。自思：欲济斯民，匪才不克。今特拜姜尚为大将军，取彼凶残，杀伐用张。仰赖神祇翊卫启迪，吐纳风云，嘘咈变化，拯救下民，恭行天罚，克定厥勋，于汤有光。伏惟尚飨！』

周公旦读罢祝文。有召公奭引子牙上第三层台。毛公遂捧武王所赐黄钺、白旄，祝曰：『自今以后，奉天征讨，罚此独夫，为生民除害，为天下造福，元戎往勖之哉！』子牙跪受黄钺、白旄，乃令左右执捧。礼官赞礼曰：『请元戎面北，拜受龙章凤篆。』子牙跪拜。左右歌『中和』之曲，奏『八音』之章，乐声嘹亮，动彻上下。召公奭开读祝文：

『维大周十有三年，孟春丁卯，上朔丙子，西岐武王姬发敢昭告昊天上帝，后土神祇曰：呜呼！天矜于民。民之所欲，天必从之。今商王受狎侮五常，荒怠弗敬，自绝于天，结怨于民，斮朝涉之胫，剖贤人之心，作威杀戮，毒痛四海，崇信奸回，放黜师保，屏弃典刑，囚奴正士，郊社不修，宗庙不享，作奇技淫巧，以悦妇人，无辜吁天，上帝弗顺，祝降时丧。臣发曷敢有越厥志，祇承上帝，以遏乱略，华夏蛮貊，罔不率俾。惟我先王，为国求贤，聘请姜尚以助发；今特拜为大将军，大会孟津，以彰天讨，取彼独夫，永清四海。所赖有神，尚克相予，以济兆民，无作神羞；克成厥勋，诞膺天命，以抚方夏。恳祈照临，永光西土。神其鉴兹。伏惟尚飨！』

召公奭读罢祝文，子牙居中而立。军政司上台，启元帅：『发鼓竖旗。』两边鼓响，拽起宝纛旗来。军政司请元帅戴护顶之宝。军政官用红漆端盘，捧上一顶金盔来。怎见得：

黄澄澄，耀水镜；玲珑花，巧样称。竖三叉，攒四凤。六瓣六楞紫金盔，缨络翻，朱砂迸。珊瑚碧玉周围绕，玛瑙珍珠前面钉。

军政司将盔捧与子牙戴上。又传令：『取袍甲上台。』军政官高捧袍铠，献在台上。怎见得：

龙吞口，兽吞肩。红似火，赤似烟。老君炉，曾烧炼，千锤打，万锤颠。绿绒扣，紫绒穿。迸铜锤，扛铁鞭。锁子文，甲上悬。披一领，按南方丙丁火，茜草茜，胭脂抹。五彩装，花千朵。遍金织就大红袍。系一条四指阔，羊脂玉，玛瑙厢，琥珀砌，紫金雀舌八宝攒就白玉带。

话说姜元帅金装甲胄立于台上。军政司传：『取印、剑上台。』军政官捧剑、印上台，又捧一架，架上有三般令天子、协诸侯之物；内有令天子旗，令天子剑，令天子箭。正见印、剑上台来，有诗为证：

黄金斗大掌貔貅，杀伐从来神鬼愁。
吕望今朝登台后，乾坤一统属西周。

话说军政司将印、剑捧至子牙面前。子牙将印、剑接在手中，高捧过眉。散宜生请武王拜将。武王在台下大拜八拜。武王拜罢，子牙令辛甲把令天子旗将武王请上台来。少时，辛甲执旗大呼曰：『奉元帅将令，请武王上台！』武王随令旗上台。子牙传令：『请开印、剑。』请武王面南端坐。子牙拜谢毕，跪而奏曰：『老臣闻国不可从外而治，军不可从中而御，二心不可以事君，疑志不可以应敌。臣既受命，尊节钺之威，岂敢不效驽骀，以报知遇之恩也。』

武王曰：『相父今为大将东征，但愿早至孟津，会兵速返，孤之幸矣。』子牙谢恩。武王下台，众将听候指挥。子牙传令：『军政官与众得知，俱于三日后在教军场听点。今日有三山五岳众道兄与我饯别。』辛甲领命，传与众将知悉。武王同文武百官俱在金台。

子牙离了将台，往岐山正南而来。有哪吒领诸门人来迎接子牙。只见甲胄威仪，十分壮丽。来至芦篷，只见玉虚门下十二弟子拍手大笑而来，对子牙曰：『相将威仪，自壮行色，子牙真人中之龙也！』子牙欠背打躬曰：『多蒙列位师兄抬举，今日得握兵权，皆众师兄之赐也，而姜尚何能哉！』众仙曰：『只等掌教圣人来至，吾辈才好奉酒。』话犹未了，只听得空中一派笙簧，仙乐齐奏。怎见得，有诗为证：

紫气空中绕帝都，笙簧嘹亮白云浮。

青鸾丹凤随銮驾，羽扇幡幢傍辘轳。

对对金童云里现，双双玉女佩声殊。

祥光瑞彩多灵异，周室当兴应赤符。

话说元始天尊驾临，诸弟子伏道迎接。子牙俯伏，口称：『弟子愿老爷圣寿无疆！』众门人引道，酌水焚香，迎鸾接驾。元始天尊上了芦篷坐下。子牙复拜。元始曰：『姜尚，你四十年积功累行，今为帝王之师，以受人间福禄，不可小视了。你东征灭纣，立功建业，列土分茅，子孙锦远，国祚延长。贫道今日特来饯你。』命白鹤童子：『取酒

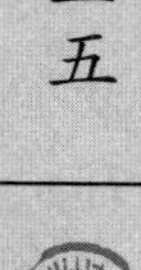

来。』斟了半杯；子牙跪接，一饮而尽。元始曰：『此一杯愿子成功扶圣主。』又饮一杯：『治国定无虞。』又一杯：『速速会诸侯。』子牙吃了三杯，又跪下。元始曰：『子又复跪者何说？』子牙曰：『蒙老爷天恩教育，使尚得拜将东征，弟子此行，不知吉凶如何，恳求指示！』天尊曰：『你此去并无他虞，你谨记一偈，自有验也。偈曰：

界牌关遇诛仙阵，穿云关下受瘟癀。

谨防「达兆光先德」，过了万仙身体康。』

子牙闻偈，拜谢曰：『弟子敬佩此偈。』元始曰：『我返驾回宫，你众弟子再为饯别。』群仙送出蓬莱，只见仙风一阵，回了鸾驾。且说众仙来与子牙奉酒，各饮三杯，南极仙翁也奉子牙饯别酒三杯，俱要起身作辞而去。众门人见子牙问师尊前去吉凶，金吒忙向文殊广法天尊问曰：『弟子前去，吉凶如何？』道人曰：『你：

修身一性超山体，何怕无谋进五关。』

哪吒也来问太乙真人曰：『弟子此行，吉凶如何？』真人曰：『你：

汜水关前重道术，方显莲花是化身。』

木吒来问普贤真人曰：『弟子领法旨下山，不知归着如何？』真人曰：『你：

进关全仗吴钩剑，不负仙传在九宫。』

韦护也问道行天尊曰：『弟子佐姜师叔至孟津，可有妨碍？』道行天尊曰：『你比众人不同，岂不知你：

历代多少修行客，独你全真第一人！』

雷震子来问云中子曰：『弟子此去，吉凶如何？』云中子曰：『你：

两枚仙杏安天下，可保周家八百年。』

杨戬也问玉鼎真人曰：『弟子此去如何？』真人曰：『你也比别人不同：

修成八九玄中妙，任尔纵横在世间。』

李靖来问燃灯道人曰：『弟子此行，凶吉如何？』道人曰：『你也比别人不同：

肉身成圣超天境，久后灵山护法台。』

黄天化问清虚道德真君曰：『弟子此行，凶吉如何？』道德真君一见黄天化命运不长，面带绝气，低首不言；然而心中不忍，真是可怜。真君复向黄天化言曰：『徒弟，你问前程之事，我有一偈，你可时时在心，谨记依偈而行，庶几无事。』道人念偈。不知后事如何，且听下回分解。

第六十八回　首阳山夷齐阻兵

诗曰：

首阳芳躅为纲常，欲树千秋叛逆防。
数语唤回人世梦，一身表率死生光。
求仁自是求仁得，义士还从义士扬。
读罢史文犹自泪，空留齿颊有余香。

话说清虚道德真君见黄天化来问前程归着，欲说出所以，恐他不服；欲不说明白，又恐他误遭陷害。真君没奈何，只得将前去机关作一偈，听凭天命。真君作偈曰：

逢高不可战，遇能即速回。金鸡头上看，蜂拥便知机。
止得功为首，千载姓名题。若不知时务，防身有难危。

道人作罢偈，黄天化年少英雄，哪里放在心上？只见土行孙也来问惧留孙。惧留孙也知土行孙不好，他还进得关，死于张奎之手，也只得作一偈与土行孙存验，偈曰：

地行道术既能通，莫为贪嗔错用功。
撺出一獐咬一口，崖前猛兽带衣红。

惧留孙作罢偈，土行孙谢过帅尊。

且说众仙与子牙作别，各回山岳而去。子牙同武王、众将进西岐城。武王回宫；子牙回帅府；大小众将俟候三日后下教场听点。子牙次日作本谢恩，上殿来见武王。姜子牙金幞头，大红袍，玉带，将本呈上。只见上大夫散宜生接本，展于御案上。子牙俯伏奏曰：『姜尚何幸，蒙先王顾聘，未效涓埃之报，又蒙大王拜尚为将，知遇之隆，古今罕及。尚敢不效犬马之力，以报深恩也！今特表请驾亲征，以顺天人之愿。』武王曰：『相父此举，正合天心。』忙览表：

大周十三年，孟春月，扫荡成汤天宝大元帅姜尚言：伏以观时应变，固天地之气运；杀伐用张，亦神圣之功化。今商王受不敬上天，荒淫不德，残虐无辜，肆行杀戮，逆天征伐，天愁民怨，致我西土十载不安；仰仗天威，自行殄灭。臣念此艰难之久，正值纣恶贯盈之时。天下诸侯，共会孟津。蒙准臣等之请，许以东征。万姓欢腾，将士踊跃。臣不胜感激，日夜祗惧：才疏德簿，恐无补报于涓埃；佩服王言，实有惭于节钺。特恳大王，大奋乾刚，恭行天讨，亲御行营，托天威于咫尺，措全胜于前筹，早进五关，速会诸侯，观政于商。庶几天厌其秽，独夫授首，不独泄天人之愤，实于汤为有光。臣不胜激切惓望之至！谨具表以闻。

武王览完表，问曰：『相父此兵何日起程？』子牙曰：『老臣操演停当，谨择吉日，再来请驾起程。』武王传左右：『治宴与相父贺喜。』君臣共饮。子牙谢恩出朝。次日，子牙下教场看操，过名点将。子牙五更时分至教军

场，升了将台。军政司辛甲启元帅：『放炮竖旗，擂鼓点将。』子牙暗思：『令人马有六十万，须用四个先行方有协助。』子牙命军政司：『令南宫适、武吉、哪吒、黄天化上台来。』辛甲领令，令四将上台打躬。子牙曰：『吾兵有六十万，用你四将为先行，挂左、右、前、后印。你等各拈一阄，自任其事，毋得错乱。』四将声喏。子牙将四阄与四将各自拈认：黄天化拈着是头队先行；南宫适是左哨；武吉是右哨；哪吒是后哨。子牙大喜。令军政官簪花挂红，各领印信。四将饮过酒，谢了元帅。子牙又令杨戬、土行孙、郑伦各拈一阄，作三军督粮官。杨戬是头运；土行孙是二运；郑伦是三运。子牙令军政官取督粮印付与三将，俱簪花挂红，各饮三杯喜酒，三将下台。子牙令军政官取点将簿，先点：

黄飞虎　黄飞彪　黄飞豹　黄　明　周　纪

龙　环　吴　谦　黄天禄　黄天爵　黄天祥

辛　免　太　颠　闳　夭　祁　恭　尹　勋

周之四贤、八俊：

毛公遂　周公旦　召公奭　毕公高　伯　达

伯　适　仲　突　仲　忽　叔　夜　叔　夏

季　随　季　騧　姬叔乾　姬叔坤　姬叔廉

姬叔正　姬叔启　姬叔伯　姬叔元　姬叔忠

姬叔廉　姬叔德　姬叔美　姬叔奇　姬叔顺

姬叔平　姬叔广　姬叔智　姬叔勇　姬叔敬

姬叔崇　姬叔安

文王有九十九子，雷震子乃燕山所得，共为百子。文王有四乳，二十四妃，生九十九子，有三十六殿下习武，因纣王屡征西岐，阵亡十六位。

又有归将降佐：

邓九公　太鸾　邓秀　赵升　孙焰红

晁田　晁雷　洪锦　季康　苏护

苏全忠　赵丙　孙子羽

女将二员：

龙吉公主　邓婵玉

话说子牙点将已毕，传令：『令黄飞虎上台。』子牙曰：『成汤虽是气数已尽，五关之内必有精奇之士，不可不防备。当战者战，当攻者攻，其间军士须要演习阵图，方知进退之法，然后可破敌人。』随令军政官抬十阵牌三将领令下台走此阵。

放在台上：

一字长蛇阵　二龙出水阵

三山月儿阵　四门斗底阵

五虎巴山阵　六甲迷魂阵

七纵七擒阵　八卦阴阳子母阵

九宫八卦阵　十代明王阵

天地三才阵　包罗万象阵

子牙曰：『此阵俱按六韬之内，精演停当，军士方知进退之方。黄将军与邓将军、洪将军，你三位走一字长蛇阵。听炮响变以下诸阵，毋得错乱。』三将领令下台走此阵。正行之际，子牙传令：『点炮，化六甲迷魂阵。』竟不能齐。子牙看见，把三将令上台来，教之曰：『今日东征，非同小可，乃是大敌；若士卒教演不精，此是主将之羞，如何征伐！三位须是日夜操练，毋得怠玩，有乖军政。』三将领令下台，用心教习。子牙传令：『散操。众将打点，收拾东征。』翌日，子牙朝贺武

王毕，子牙奏曰：『人马军粮皆一应齐备，请大王东行。』武王问曰：『相父将内事托与何人？』子牙曰：『上大夫散宜生可任国事，似乎可托。』武王又曰：『外事托与何人？』子牙曰：『老将军黄滚历练老成，可任军国重务。』武王大喜：『相父措处得宜，使孤欢悦。』武王退朝，入内宫见太姒，曰：『上启母后知道：今相父姜尚会诸侯于孟津，孩儿一进五关，观政于商，即便回来，不敢有违父训。』太姒曰：『姜丞相此行，决无差失。孩儿可一应俱依相父指挥。』吩咐宫中治酒，与武王饯行。

翌日，子牙把六十万雄师竟出西岐。武王亲乘甲马，率御林军来至十里亭。只见众御弟排下九龙席，与武王、姜元帅饯行。众弟进酒武王与子牙用罢，乘吉日良辰起兵。此正是纣王三十年三月二十四日。起兵点起号炮，兵威甚是雄壮。怎见得，有诗为证，诗曰：

征云蔽日隐旌旗，战士横戈纵铁骑。
飞剑有光来紫电，流星斜挂落金蔾。
将军猛烈堪图画，天子威仪异所施。
漫道吊民来伐罪，方知天地果无私。

话说大势雄兵离了西岐，前往燕山，一路上而来，三军欢悦，百倍精神。行过了燕山，正往首阳山来。大队人马正行，只见伯夷、叔齐二人，宽衫博袖，麻履丝绦，站立中途，阻住大兵，大呼曰：『你是哪里去的人马？我欲见

你主将答话。』有哨探马报入中军：『启元帅：有二位道者欲见千岁并元帅答话。』子牙听说，忙请武王并辔上前。只见伯夷、叔齐向前稽首曰：『千岁与子牙公，见礼了。』武王与子牙欠身曰：『甲胄在身，不能下骑。二位阻路，有何事见谕？』夷、齐曰：『今日主公与元帅起兵往何处去？』子牙曰：『纣王无道，逆命于天，残虐万姓，囚奴正士，焚炙忠良，荒淫不道，无辜吁天，秽德彰闻。惟我先王，若日月之照临，光于四方，显于西土，命我先王肃将天威，大勋未集。惟我西周诞及多方，肆予小子，恭行天之罚。今天下诸侯一德一心，大会于孟津，我武维扬，侵于之疆，取彼凶残，杀伐用张，于汤有光。此予小子不得已之心也。』夷、齐曰：『臣闻「子不言父过，臣不彰君恶」，故父有诤子，群有诤臣，只闻以德而感君，未闻以下而伐上者。今纣王，君也，虽有不德，何不倾城尽谏，以尽臣节，亦不失为忠耳。况先王以服事殷，未闻不足于汤也。臣又闻「至德无不感通，至仁无不宾服」，苟至德至仁在我，何凶残不化为淳良乎！以臣愚见，当退守臣节，体先王服事之诚，守千古君臣之分，不亦善乎。』武王听罢，停骖不语。子牙曰：『二位之言虽善，予非不知，此是一得之见。今天下溺矣，百姓如坐水火，三纲已绝，四维已折，天怒于上，民怨于下，天翻地覆之时，四海鼎沸之际。惟天矜民，民之所欲，天必从之。况夫天已肃命于我周，若不顺天，厥罪惟均。且天视自我民视，天听自我民听。百姓有过，在予一人。今予必往。如逆天不顺，非予先王有罪，惟予小子无良。』子牙左右将士欲行，见伯夷、叔齐二人言之不已，心上甚是不快。夷、齐见左右俱有不豫之色，众人挟武王、子牙欲行，二人知其必往，乃跪于马前，揽其辔，谏曰：『臣受先生养老之恩，终守臣节之义，不得不尽今日之心耳。今大王虽以仁义服天下，岂有父死不葬，援及干戈，可谓孝乎？以臣伐君，可谓忠乎？臣恐天下后世必有为之口实者。』左右众将见夷、齐叩马而谏，军士不得前进，心中大怒，欲举兵杀之。子牙忙止之曰：『不可。此天下之义士也。』忙令左右扶之而去，众兵方得前进。后伯夷、叔齐入首阳山，耻食周粟，采薇作歌，终至守节饿死。至今称之犹有余馨，此是后事。不表。

且说子牙大势雄师离了首阳山，往前正发，正是：

腾腾杀气冲霄汉，簇簇征云盖地来。

子牙人马行至金鸡岭。岭上有一枝人马，打两杆大红旗，驻扎岭上，阻住大兵。哨马报至军前：『启元帅：金鸡岭有一枝人马阻住，大军不能前进，请令定夺。』子牙传令：『安下行营。』升帐坐下，着探事军打探：『是哪里人马在此处阻军？』话犹未了，只见左右来报：『有一将请战。』子牙不知是哪里人马，忙传令问：『谁人见阵走一遭？』有左哨先行南宫适上帐应声曰：『末将愿往。』子牙曰：『首次出军，当宜小心。』南宫适领令上马，炮声大振，一马走出营前。见一将幞头铁甲，乌马长枪。怎见得，有赞为证，赞曰：

将军如猛虎，战骑可腾云。铁甲生光艳，皂服衬龙文。赤胆扶真主，忠肝保圣君。西岐来报效，赶驾立功勋。子牙逢此将，门徒是魏贲。

南宫适问曰：『你是哪里无名之兵，敢阻西岐大军？』魏贲曰：『你是何人？往哪里去？』南宫适答曰：『俺

南宫适心上出神，不提防被魏贲大喝一声，抓住南宫适的袍带，生擒过马去。

元帅奉天征讨而伐成汤，你敢大胆粗心，阻吾大队马！』大喝一声，舞刀直取。此将手中枪赴面交还。两马相交，刀枪并举，战有三十回合。南宫适被魏贲直杀得汗流脊背，心下暗思：『才出兵至此，今日遇这员大将，若败回大营，元帅必定见责。』南宫适心上出神，不提防被魏贲大喝一声，抓住南宫适的袍带，生擒过马去。魏贲曰：『吾不伤你性命，快请姜元帅出来相见。』又把南宫适放回营来。军政官报入中军：『南宫适听令。』子牙传令：『令来。』南宫适上帐，将『被擒放回，请元帅定夺』说了一遍。子牙听得大怒曰：『六十万人马，你乃左哨首领官，今一旦先挫吾锋，你还来见我？』喝左右：『绑出辕门，斩讫报来！』左右随将南宫适推出辕门来。魏贲在马上，见要斩南宫适，在马上大叫曰：『刀下留人！只请姜元帅相见，吾自有机密相商！』军政官报入帐中：『启老爷：那人在辕门外，叫「刀下留人，请元帅答话，自有机密相商。」』子牙大骂：『匹夫擒吾将而不杀，反放回来，如今又在辕门讨饶！速传令摆队伍出行营！』炮声响处，大红宝纛旗摇，只见辕门下一对对都是红袍金甲，英雄威猛，先行官骑的是玉麒麟，赳赳杀气；哪吒蹬风火轮，昂昂眉宇；雷震子蓝面红发，手执黄金棍；韦护手捧降魔杵，俱是片片云光。正是：

盔山甲海真威武，一派天神滚出来。

话说子牙在四不像上问曰：『你是谁人，请吾相见？』魏贲见子牙威仪整饬，兵甲鲜明，知其兴隆之兆，乃滚鞍下马，拜伏道旁，言曰：『末将闻元帅天兵伐纣，特来麾下欲效犬马微劳，附功名于竹帛耳。因未见元帅真实，末将不敢擅入。今见元帅士马之精，威令之严，仪节之盛，知不专在军威而在于仁德也。末将敢不随鞭坠镫，共伐此独夫，以泄人神之愤耶。』子牙随令进营。魏贲上帐，复拜在地曰：『末将幼习枪马，未得其主，今逢明君与元帅，乃魏贲不负数载功夫耳。』子牙大喜。魏贲复跪而言曰：『启元帅：虽然南将军一时失利，望元帅怜而赦之。』子牙曰：『南宫适虽则失利，然既得魏将军，反是吉兆。』传令：『放来。』左右将南宫适放上帐来。南宫适谢过子牙。子牙曰：『你乃周室元勋，身为首领，初阵失机，现当该斩；奈魏贲归周，乃先凶而后吉。虽然如此，你可将左哨先行印与魏贲，你自随营听用。』即时将魏贲挂补了左哨。彼时南宫适交代印绶毕。子牙传令起兵。不表。

且说只因张山阵亡，飞报至汜水关，韩荣已知子牙三月十五日金台拜将，具本上朝歌。那日微子看本，知张山阵亡，洪锦归周，忙抱本入内庭，见纣王，具奏张山为国捐躯。纣王大骇：『不意姬发猖獗至此！』忙传旨意，鸣钟鼓临殿。百官朝贺。纣王曰：『今有姬发大肆猖獗，卿等有何良谋可除西土大患？』言未毕，班中闪出中大夫飞廉，俯伏奏曰：『姜尚乃昆仑左术之士，非堂堂之兵可以擒剿。陛下发诏，须用孔宣为将。他善能五行道术，庶几反叛可擒，西土可剿。』纣王准奏，遣使命持诏往三山关来，一路无词。正是：

使命马到传飞檄，九重丹诏凤衔来。

话说使命官至三山关传：『接旨意。』孔宣接至殿上。钦差官开读诏旨。孔宣跪听宣读：

诏曰：天子有征伐之权，将帅有阃外之寄。今西岐姬发大肆猖獗，屡挫王师，罪在不赦。兹尔孔宣，谋术两全，古今无两，允堪大将，特遣使赍尔斧、钺、旌旗，特专征伐。务擒首恶，剿灭妖人，永清西土，尔之功在社稷，朕亦与有荣焉。朕决不惜茅土之封，以赉有功。尔其钦哉！故兹尔诏。

孔宣拜罢旨意，打发天使回朝歌，连夜下营，整点人马，共是十万。即日拜宝纛旗，离了三山关，一路上晓行夜住，饥餐渴饮。在路行程也非一日。那日探马报入中军：『有汜水关韩荣接元帅。』孔宣传令：『请来。』韩荣至中军打躬：『元帅此行来迟了。』孔宣曰：『为何迟了？』韩荣曰：『姜子牙三月十五日金台拜将，人马已出西岐了。』孔宣曰：『料姜尚有何能！我此行定拿姬发君臣解进朝歌。』吩咐：『可速开关。』把人马催动前往西岐大道而来。不一日，至金鸡岭。哨探马来报：『金鸡岭下周兵已至，请令定夺。』孔宣传令：『将大营驻扎岭上阻住周兵。』不知胜负如何，且听下回分解。

第六十九回　孔宣兵阻金鸡岭

诗曰：

伐罪吊民诛独夫，西周原应玉虚符。
自无血战成功易，岂有纷争立业殊。
孔雀逆天皆孟浪，金鸡阻路尽支吾。
休言伎俩参玄妙，总是西方接引徒。

话说孔宣人马出关，至金鸡岭，探马报入中军：“前有周兵在岭下，请令定夺。”孔宣令：“在岭上安下营寨，阻住咽喉之路，使周兵不能前进。”不题。只见子牙人马正行，报马报入中军：“禀上元帅：前有成汤大队人马住在岭上。”子牙传令：“安营。”升帐坐下，自思：“三十六路人马俱完，怎么又有这枝兵来？”子牙沉思，掐指算来：“连张山是三十五路，连此一路方是三十六路。此事必又费手。”

且说孔宣在岭上止住了三日，子牙大兵已到。忙传令问：“谁人去周营见头阵走一遭？”有先行官陈庚出位应曰：“末将愿先见头阵。”孔宣许之。陈庚上马下岭，至周营搦战。探马报入中军。子牙问左右：“谁去见此头阵？”有先行官黄天化应曰：“愿往。”子牙吩咐曰：“务要小心。”黄天化答曰：“不必嘱付。”忙上了玉麒麟出营。看见来将手提方天戟大呼曰：“反贼何人？”黄天化答曰：“吾非反贼，乃奉天征讨扫荡成汤天宝大元帅麾下，正印先行官黄天化是也。你乃何人？也通个名来。录功簿上好记你的首级。』陈庚大怒：『量你鸡犬小辈，敢与天朝元宰相拒哉？』纵马摇戟，直取黄天化。天化手中双锤赴面交还。麟马往来，锤戟并举。有赞为证，赞曰：

二将阵前势无比，颠开战马定生死。
盘旋铁骑眼中花，展动旗幡龙摆尾。
银锤发手没遮拦，戟刺咽喉蛇信起。
自来也见将军战，不似今番无底止。

麟马交还，大战有三十回合，黄天化掩一枪便走。陈庚不知好歹，随后赶来。黄天化闻得脑后鸾铃响，挂下双锤，取火龙标掌在手中，回手一标。正是：

金标发出神光现，断送无常死不知。

话说黄天化回手一标，将陈庚打下马来，兜回马取了首级，掌鼓进营，来见子牙。子牙问：『出阵如何？』黄天化答曰：『末将托元帅洪福，标取了陈庚首级。』子牙大喜，上黄天化首功。子牙方才举笔向砚台上抶墨，不觉笔头吊将下来。子牙半晌不言，从新再取笔，上了黄天化头一功。此是黄天化只得首功一次，故有此警报。

且说报马报入孔宣营中：『禀元帅：陈庚失机，被黄天化斩了首级，号令辕门。』孔宣笑曰：『陈庚自己无能，死不足惜。』全不在意。次日，又是孙合出马，至周营搦战。子牙传令：『谁去走一遭？』有武吉应曰：『弟子愿

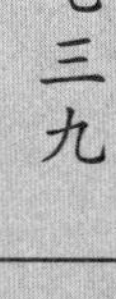

黄天化闻得脑后鸾铃响，挂下双锤，取火龙标掌在手中，回手一标。

往。』子牙许之。武吉出营，见一员将官，金甲红袍，黄马大刀，飞临阵前，大呼曰：『来者何人？』武吉曰：『吾乃姜元帅门下右哨先行官武吉是也。』孙合笑曰：『姜尚乃是一渔翁，你乃是一个樵子。你师徒二人正是一轴画图——「渔樵问答」。』武吉大怒曰：『匹夫无理！焉敢以言语戏吾！』切齿咬牙，举枪分心就刺。孙合手中刀急架忙迎。两马交锋，一场恶杀。大战有三十回合，未分胜负，武吉掩一枪便走，诈败而逃。孙合见武吉败走，知是樵子出身，料有何能，随后赶来。不知子牙在磻溪传武吉这条枪，有神出鬼没之妙。武吉已知孙合赶来，把马一兜，那马停了一步；孙合马来得太速，一撞个满怀，早被武吉回马枪挑下马来，取了首级，掌鼓进营，见子牙报功。子牙大喜，上了武吉的功。就把哪吒激得抓耳挠腮，恨不得要出营厮杀。且说报马报入成汤营里：『启元帅：孙合失机，被武吉回马枪挑了，枭去首级，号令辕门，请令定夺。』孔宣听报，谓左右曰：『吾今奉诏征讨，尔等随军立功，不期连折二阵，使吾心中不悦。今日谁去见阵走一遭，为国立功？』旁

有五军救应使高继能曰：『末将愿征。』孔宣吩咐曰：『务要小心。』高继能上马提枪，至营前讨战。哨马报入中军。旁有哪吒忙应声曰：『弟子愿往。』子牙许之。哪吒蹬风火轮，前有一对红旗，如风卷火云，飞奔前来。高继能大呼曰：『哪吒慢来！』哪吒大喜曰：『既知吾名，何不早早下马受死？』高继能对哪吒大笑曰：『闻你道术过人，一般今日也会得你着。』哪吒曰：『你且通名来，功劳簿上好记你的首级。』高继能大怒，使开枪分心刺来。哪吒火尖枪急速忙迎。轮马盘旋，双枪齐举，这场战非是等闲，怎见得，有赞为证，赞曰：

二将交锋在战场，四肢臂膊望空忙。这一个丹心要保真明主；那一个赤胆还扶殷纣王。哪吒要成千载业；继能为主立家邦。古来有福催无福，有道该兴无道亡。

高继能大战哪吒，恐哪吒先下手，高继能掩一枪便走。哪吒自思：『吾此来定要成功！』哪里肯舍？随手取乾坤圈望空中祭起。高继能的蜈蜂袋未及放开来，不意哪吒的圈来得快，一圈正打中肩窝，伏鞍而逃。哪吒为不得全功，心下懊恼，回营见子牙曰：『弟子未得全功，请令定夺。』子牙上了哪吒的功。且说高继能被哪吒打伤，败进营来见孔宣，具言前事。孔宣不语，取些丹药与继能敷贴，立时全愈。

孔宣次日命中军点炮，自领大队人马，亲临阵前，对旗门官将曰：『请你主将答话。』探马报入中军：『孔宣请元帅答话。』子牙传令：『摆八健将出营。』大红宝纛旗展处，子牙左右有四个先行官与众门徒，雁翅排开。子牙乘四不像至阵前，看孔宣来历大不相同。怎见得，有赞为证，赞曰：

身似黄金映火，一笼盔甲鲜明。大刀红马势峥嵘，五道光华色映。曾见开天辟地，又见出日月星辰。一灵道德最根深，他与西方有分。

子牙看孔宣背后有五道光华，——按青、黄、赤、白、黑。子牙心下疑虑。孔宣见子牙自来，将马一拎，来至军前，问曰：『来者莫非姜子牙么？』子牙曰：『然也。』孔宣问曰：『你原是殷臣，为何造反，妄自称王，会合诸侯，逆天欺心，不守本土？吾今奉诏征讨，汝好好退兵，敬守臣节，可保家国；若半字迟延，吾定削平西土，那时悔之晚矣。』子牙曰：『天命无常，惟有德者居之。昔帝尧有子丹朱不肖，让位与舜。舜帝有子商均亦不肖，让位与禹。禹有子启贤，能继父志，禹尊禅让，复让与益。天下之朝觐讼狱，不之益而之启，再后传之桀。桀王无道，成汤伐夏而有天下。今传之纣。纣王今淫酗肆虐，秽德彰闻，天怒民怨，四海鼎沸。德在我周，恭行天之罚。将军何不顺天以归我周，共罚独夫也？』孔宣曰：『你以下伐上，反不为逆天，乃架此一段污秽之言，惑乱民心，借此造反，拒逆天兵，情殊可恨！』纵马舞刀来取。子牙后有洪锦走马奔来，大呼：『孔宣不得无礼！吾来也！』孔宣见洪锦走马而至，孔宣骂：『逆贼！你还敢来见我！』洪锦曰：『天下八百诸侯俱已归周，料你一个忠臣，也不能济得甚事。』孔宣大怒，摇刀直取。二马交兵，未及数合，洪锦将旗门遁往下一戳，把刀往下一分，那旗化为一门。洪锦方欲进门，孔宣大笑曰：『米粒之珠，有何光彩？』孔宣兜回马，把左边黄光往下一刷，将洪锦刷去，毫无影响，就如沙灰投入大海之中，止见一匹空马。子牙左右大小将官俱目瞪口呆。孔宣复纵马来取子牙。子牙手中剑急架相迎。旁有邓

九公走马来助阵。子牙大战十五六合。子牙祭打神鞭打孔宣，那鞭已落在孔宣红光中去了，似石投水。子牙大惊，忙传令鸣金。两边各归营寨。且说子牙升帐，坐下沉吟，想：『此人后有五道光华，按有五行之状。今将洪锦摄去，不知凶吉，如之奈何？』子牙自思：『不若乘孔宣得胜，今夜去劫他的营，且胜他一阵，再作区处。』子牙令哪吒：『你今夜去劫孔宣的大辕门；黄天化，你去劫他左营；雷震子，你可去劫他右营。先挫动他军威，然后用计破他，必然成功。』三人领令去讫。且说孔宣得胜进营，将后面五色光华一抖，只见洪锦昏迷睡于地下。孔宣吩咐左右，将洪锦监在后营，收了打神鞭，正欲退后营，只见一阵大风，将帅旗连卷三四卷。孔宣大惊，掐指一算，早已知其就里，忙唤高继能吩咐：『你在左营门埋伏；周信，你在右营门埋伏。今夜姜子牙要来劫吾营寨。我正要你来，只可惜姜尚不曾亲来！』且说姜子牙营中三路兵暗暗上岭。将近二更，一声炮响，三路兵呐喊一声，杀进辕门。哪吒登轮摇枪，冲开营门，杀至中营而来。孔宣独坐帐中，不慌不忙，上了马迎来，大笑曰：『哪吒，你今番劫营，定然遭擒，再休想前番取胜也！』哪吒也不知孔宣的利害，大怒，骂曰：『今日定拿你成功！』举枪来战，杀在中军，难解难分。雷震子飞在空中，冲开右营；周信大战雷震子。雷震子展动风雷二翅，飞在空中，是上三路，又是夤夜间，观看不甚明白，周信被雷震子一棍刷将下来，正中顶门，打得脑浆迸出，死于非命。雷震子飞至中营，见哪吒大战孔宣，雷震子大喝一声，如霹雳交加，孔宣将黄光望上一撒，先拿了雷震子。哪吒见如此利害，方欲抽身，又被孔宣把白光一刷，连哪吒撒去，不知去向。且说黄天化只听得杀声大作，不察虚实，催开玉麒麟，冲进左营，忽听炮响，高继能一马当

黄天化坐不住鞍轿，撞下地来，早被高继能一枪正中胁下，死于非命。

先，夤夜交兵，更不答话，麟马相交，枪锤并举。好黄天化！两柄锤只打的枪尖生烈焰，杀气透心寒。二将乃是夜战，况黄天化两柄锤似流星不落地，来往不沾尘。高继能见如此了得，掩一枪，拨马就走。黄天化催开玉麒麟赶来。高继能展开蜈蜂袋，夜间，黄天化该如此。那蜈蜂卷将来，成堆成团而至，一似飞蝗。黄天化用两柄锤遮挡，不防蜈蜂把玉麒麟的眼叮了一下，那麒麟叫一声，后蹄站立，前蹄直竖。黄天化坐不住鞍轿，撞下地来，早被高继能一枪正中胁下，死于非命。一魂往封神台去了。可怜下山大破四天王，不曾取成汤寸土。正是：

功名未遂身先死，早至台中等候封。

且说孔宣收兵，杀了一夜，岭头上尸横遍野，血染草梢。孔宣升帐，将五色神光一抖，只见哪吒、雷震子跌下地来。孔宣命左右于后营监禁，然后坐下。高继能献功，报斩了黄天化首级。孔宣吩咐：『号令辕门。』不表。

且言子牙一夜不曾睡，只听得岭上天翻地覆一般。及至天明，报马

进营：『启老爷：三将劫营，黄天化首级已号令辕门；二将不知所往。』子牙大惊。黄飞虎听罢，放声大哭曰：『天化苦死！不能取成汤尺寸之土，要你奇才无用！』三兄弟、二叔叔、众将无不下泪。武成王如酒醉一般。子牙纳闷无言。南宫适曰：『黄将军不必如此。令郎为国捐躯，万年垂于青史。方今高继能有左道蜈蜂之术，将军何不请崇城崇黑虎？他善能破此左道之术。』黄飞虎听得此言，上帐来见子牙，曰：『末将往崇城去，请崇黑虎来破此贼，以泄吾儿之恨。』子牙见黄飞虎这等悲切，即许之。黄飞虎离了行宫，径往崇城大道而来。一路上，晓行夜住，饥餐渴饮。在路行程，一日来到一座山，山下有一石碣，上书『飞凤山』。飞虎看罢，策马过山，耳边只闻得锣鼓齐鸣，武成王自思：『是哪里战鼓响？』把坐下五色神牛一拎，走上山来。只见山凹里三将厮杀：一员将使五股托天叉；一员将使八楞熟铜锤；一员将使五爪烂银抓。三将大战，杀得难解难分。只见那使叉的同着使抓的杀那使锤的。战了一会，只见使锤的又同着使叉的杀那使抓的。三将杀得呵呵大笑。黄飞虎在坐骑上，自忖曰：『这三人为何以杀为戏？待吾向前问他端的。』黄飞虎走骑至面前。只见使叉的见飞虎丹凤眼，卧蚕眉，穿王服，坐五色神牛，使叉的大呼曰：『二位贤弟，少停兵器！』三人忙停了手。那将马上欠身问曰：『来者好似武成王么？』黄飞虎答曰：『不才便是。不识三位将军何以知我？』三将听得，滚鞍下马，拜伏在地。黄飞虎慌忙下骑，顶礼相还。三将拜罢，口称：『大王，适才见大王仪表，与昔日所闻，故此知之。今何幸至此！』邀请上山，进得中军帐，分宾主坐下。黄飞虎曰：『方才三位兄厮杀，却是何故？』三人欠身曰：『俺弟兄三人在此吃了饭，没事干，假此消遣耍子，不期误犯行旌，有失回

避。」黄飞虎亦逊谢毕，问曰：「请三位高姓大名？」三人欠身曰：「末将姓文，名聘；此位姓崔，名英；此位姓蒋，名雄。」——这一回正该是「五岳」相会：文聘乃是西岳；崔英乃是中岳；蒋雄乃是北岳；黄飞虎乃是东岳；崇黑虎乃是南岳。表过不题。文聘治酒管待黄飞虎，酒席之间，问曰：「大王何往？」黄飞虎把子牙拜将伐汤，遇孔宣杀了黄天化的事说了一遍：「……如今末将往崇城请崇君侯往金鸡岭，共破高继能，为吾子报仇。」文聘曰：「只怕崇君侯不得来。」飞虎曰：「将军何以知之？」文聘曰：「崇君侯操演人马，要进陈塘关，至孟津会天下诸侯，恐误了事，决不得来。」黄飞虎曰：「到是遇着三位，不是枉走一遭。」崔英曰：「不然。文兄之言，虽是如此说，但崇君侯欲进陈塘关，也要等武王的兵到。大王且权在小寨草榻一宵，明日俺弟兄三人同大王一往，料崇君侯定来协助，决无推辞之理。」黄飞虎感谢不尽，就在山寨中歇了一宿。次日，四将用罢饭，一同起行。在路无词。一日来至崇城。文聘至帅府。门官来见黑虎，报曰：「启千岁：有飞凤山三位求见。」崇黑虎道：「请进来。」三将至殿前行礼毕，崔英曰：「外有武成王尚在外面等候。」崇黑虎闻言，降阶迎接，口称：「大王，不才不知大王驾临，有失远迎，望大王恕罪。」黄飞虎曰：「轻造帅府，得睹尊面，实末将三生之幸。」叙礼毕，分宾主依次而坐。彼此温慰毕，文聘将黄飞虎的事说了一遍。崇黑虎咨叹不语。崔英曰：「仁兄莫非为先要进陈塘关么？今姜元帅阻隔在金鸡岭，仁兄纵先进陈塘关，至孟津，也少不得等武王到，方可会合诸侯。这不是还可迟得？依弟愚见，不若先破了高继能，让子牙进兵，兄再分兵进陈塘关不迟，总是一事。」崇黑虎曰：「既然如此，明日就行。」着世子崇应鸾操练三军，待吾等破了孔宣，再来起兵未晚。』黄飞虎谢罢。崇黑虎乃治酒管待飞虎等四人。次日四鼓时分起马，『五岳』离了崇城，往金鸡岭大道行来。非止一日，『五岳』至子牙辕门听令。探马报入中军：『启元帅：黄飞虎辕门等令。』子牙令至帐前，问曰：『请崇黑虎的事如何？』黄飞虎启曰：『还添有三位，俱在辕门外听令。』子牙传令：『用请旗请来。』崇黑虎等俱遵阃外之令，上帐打躬曰：『元帅在上：吾等甲胄在身，不能全礼！』子牙忙迎下接住曰：『君侯等皆系外客，如何这等罪不才也！』俱彼此逊让，以宾主之礼序过。子牙命设坐，崇黑虎等俱客席，子牙与飞虎主席相陪。子牙曰：『今孔宣猖獗，阻逆大兵，有劳贤侯途次奔驰，深多罪戾！』崇黑虎谢过，起身对子牙曰：『烦元帅引进，参谒周王。』子牙前行引路，黑虎随后，进后帐与武王见礼。相叙毕，崇黑虎曰：『今大王体上天好生之仁，救民于水火，共伐独夫，孔宣自不度德，敢阻天兵，是自取死耳，随即扑灭。』武王曰：『孤力穷德薄，谬蒙众位大王推许，共举义兵，今初出岐周，便有这些阻隔，定是天心未顺耳。孤意欲回兵，自修己德，以俟有道，何如？』崇黑虎曰：『大王差矣！今纣恶贯盈，人神共怒，岂得以孔宣疥癣之辈，以阻天下诸侯之心？时哉不可失！大王切不可灰了将士之心。』武王感谢，命左右治酒，与黑虎共饮数杯。黑虎谢酒而出。子牙与崇侯出来，在中军从新治酒，管待四位。正是：

『五岳』共饮金鸡岭，这场大战实惊人。

话说崇黑虎次日上火眼金睛兽，左右有文聘、崔英、蒋雄，上岭来，坐名只要高继能出来答话。孔宣闻报，随命高继能：『速退西兵。』高继能出营，来见崇黑虎，大喝曰：『你乃是北路反叛，为何也来助西岐为恶？这正是你等会聚在一处，便于擒捉，省得费我等心机。』崇黑虎曰：『匹夫！死活不知！四面八方皆非纣有，尚敢支吾而不知天命也！前日斩黄公子是你？』高继能笑曰：『哪吒、雷震子不过如此，你有何能，敢来问吾？』纵马摇枪直取。崇黑虎手中斧赴面相迎。兽马相交，枪斧并举。未及数合，文聘青骢马跑，五股叉摇，崔英催开黄彪马，蒋雄磕开乌骓马，四将把高继能围住当中。好个高继能，一条枪抵住了四件兵器。三军呐喊，数对旗摇。且说黄飞虎在中军帐，子牙听的鼓声大振，对黄飞虎曰：『黄将军，崇君侯此来为你，你可出营助阵方是。』黄飞虎曰：『末将思子，一时昏聩，几乎忘却了。』随上五色神牛，摇枪杀出营来，大呼：『崇君侯，吾来拿杀子仇人也！』把坐下牛一纵，杀入圈子里来。正应着：

『五岳』特来斗『黑杀』，金鸡岭上立奇功。

且说『五岳』将高继能围住在垓心。好高继能，一条枪遮架拦挡。此正是『五岳斗黑杀』。不知性命如何，且听下回分解。